村田沙耶香

コンビニ人間

人间便利店

[日] 村田沙耶香 —— 著　吴曦 —— 译

湖南文艺出版社　博集天卷

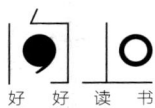

好好读书

四下都没有人的气息。

大街上到处都是漂亮的白色高楼，
就如同绘画纸搭建的模型一样，仿若是
虚假的光景。

コンビニ人間

便利商店被各种声音所充斥。有顾客进门的铃声，也有店内有线广播中宣传新商品的偶像说话声；有店员的招呼声，也有扫描条形码的声音；还有东西装进购物篮的声音、抓着面包口袋发出的声音、在店内来回走动的高跟鞋的声音……所有声音混杂在一起，成为"便利店声音"，时刻触动着我的鼓膜。

货架上有一个宝特瓶被抽走了，后边那个宝特瓶顺着滚轮的转动补上空位，发出咔啦咔啦的轻微响声，我循声抬起头来。有不少顾客都会在最后找一瓶冰冻的饮料再去结账，我的身体对这声音产生了反应，自行动了起来。看

到手持矿泉水的女顾客没去结账，而是继续挑选甜品，我
的视线又回到手头。

耳朵从分散在店堂内的无数响声中挑选出信息的同时，
我的双手正将刚到货的饭团排放上架。早晨这个时间段，
卖得最好的就是饭团、三明治、沙拉。另一边，兼职的菅
原小姐正用一个小扫描仪在检点货物。我把这些机器制造
的清洁食品整齐地排放起来。新产品明太子芝士口味的要
放在正当中两列，旁边两列放的是店里卖得最好的金枪鱼
蛋黄酱味的，卖得不怎么好的鲣鱼干饭团放在最边上。比
拼的就是速度，我几乎不用头脑，全靠渗透进骨髓的规矩
在给肉体发出指令。

当啷，我注意到微弱的零钱声，回过头去瞟了一眼收
银台。那些爱把手掌与口袋里的零钱弄出响声的人，大多
会干脆地买了香烟或者报纸就走，所以我对钱的声音很敏
感。果不其然，有个单手拿着罐装咖啡，另一只手插在口
袋里，正往收银台走去的男人。我迅速穿过店堂，身体自
然地溜进收银柜台后边，提前站在里面待命，不让顾客等

待片刻。

"欢迎光临，早上好！"

我简短地打完招呼，接过男顾客递出的罐装咖啡。

"啊……再来一包 5 号的香烟。"

"好的。"

我迅速抽出一包万宝路薄荷特醇，在收银台上扫描。

"请点选确认您的年龄。"

男人点按着屏幕的时候，视线又转向排放着速食品的玻璃柜，我看到这一幕，也停下了手上的动作。"要帮您取点什么吗？"我本可以问上这么一句，但顾客看上去正在犹豫是否要买的时候，我一般都会退后一步稍作等待。

"还有，再来一根玉米狗。"

"我明白了。多谢购买。"

用酒精给手消毒，打开玻璃柜，包好玉米狗。

"冷的饮料和热的食品要分袋子装吗？"

"啊啊，没关系没关系。一起装吧。"

我敏捷地将罐装咖啡、香烟、玉米狗装进 S 号口袋。就在此时，口袋中零钱当啷作响的男人好像忽然想到了什么，把手伸进胸前的口袋。瞧他的举动，应该是临时决定用电子储值卡来付款了。

"支付用西瓜卡 ①。"

"我明白了。请在这边刷西瓜卡。"

我自动地读取顾客细微的举动与视线，身体反射性地行动。耳朵和眼睛成了捕捉顾客微小动作与意向的重要探测器。我小心翼翼地注意避免过分的观察使顾客感到不快，同时又遵循捕捉到的信息，敏捷地动起手来。

"这是收据。感谢您的光临！"

把收据递过去之后，男人小声道了句"多谢"就走远了。

"让您久等了。欢迎光临，早上好。"

我向排在他后面的女顾客问好。我能感觉到，名叫"早晨"的这段时间，就在这发光的小盒子里正常地流

①Suica 是覆盖东日本地区的储值式交通卡，俗称"西瓜卡"，也能用于便利店付款。

淌着。

擦得不留一点指印的玻璃窗外，已经可以看到忙碌的行人。一天开始了。这是世界方才苏醒、所有齿轮都开始旋转的时间。而我就是不断旋转的齿轮之一。我成为世界的一个零件，在"早晨"这段时间里旋转个不停。

正当我想跑去继续排放饭团的时候，兼职领班泉小姐向我问道：

"古仓小姐，你那边的收银机里，还有几张五千日元钞票？"

"啊，只有两张了。"

"是吗，这可不太妙了。不知为什么今天进了好多万日元面额的大钞呢。里边的保险柜里也没几张了，等早高峰和进货搞定之后，我中午之前去趟银行吧。"

"谢谢你！"

因为夜班的营业指标不达标，店长这阵子都只上夜班，白天的时候，我和年纪相仿的兼职领班泉小姐就代替正式职员在看店。

"那我 10 点左右就去换点零钱。啊，还有，今天有人预订了油豆腐寿司，待会儿客人来的时候拜托招呼一下。"

"是！"

看了看钟，已经转到 9 点半了。早高峰差不多过去了，这段时间必须赶紧完成上货，为中午的高峰期做好准备。我舒展了一下背脊，再次回到货架前，开始摆放饭团。

2

我"转生"成为便利店店员之前的记忆，不知为何，朦朦胧胧的，无法鲜明地回想起来。

在郊外住宅区长大的我，出生在一个普通的家庭，沐浴着普通的爱成长。然而，我却是个公认有点怪异的孩子。

比如在幼儿园时，曾经有只小鸟死在了公园里。那是只漂亮的蓝色小鸟，恐怕是哪户人家养的吧。小鸟的脖子软绵绵地歪着，双眼紧闭，围在它身边的其他孩子都哭了。"该怎么办呀？"一个女孩开口的同时，我已经迅速用手掌托起小鸟，拿给坐在长椅上闲聊的母亲看。

"怎么了，惠子？啊啊，小鸟！究竟是哪儿飞来的呀……真可怜呢。给它造个墓吧。"母亲抚摩着我的头，温柔地说道。

而我却说："把它吃了吧。"

"啊？"

"爸爸不是喜欢吃烤鸡肉嘛，今天就把它烤着吃了吧。"

我心想，妈妈是不是没听清我的话？我用清楚无比的声音又说了一遍，母亲当即脸色一变。身旁另一个孩子的母亲也大惊失色，眼睛、鼻孔跟嘴巴几乎一齐张开了。这表情真奇怪，我差点笑了出来。看她正凝视着我的掌心，我这才恍然大悟，对啊，一只鸟根本不够啊。

"要不要多抓几只回来？"我朝身旁那两三只并排行走的雀儿看了一眼。

"惠子！"终于回过神来的母亲用近乎训斥的嗓音，拼命喊叫。

"我们就给小鸟造个墓，好好埋了吧。你瞧，大家都在哭呢。好朋友去世了当然很难过啦。多可怜呀，不是吗？"

"为什么？难得它死在这儿呢。"

我的疑问让母亲哑口无言。

我只能想象出父母和妹妹欢天喜地吃着小鸟的场面。父亲喜欢吃烤鸡，我和妹妹都爱吃炸鸡块。公园里有这么多小鸟，都抓回去多好啊，为什么不吃它，反而要埋了呢？我搞不懂。

母亲竭尽全力地说："听着，小鸟那么小，很可爱吧？就去那边给它造个坟墓，大家一起给它献上鲜花好吗？"

最终我们确实照她说的做了，但我依旧无法理解。大家异口同声地说着小鸟太可怜了，同时哭哭啼啼地拉扯着身旁鲜花的根茎，杀死花朵。"这花真漂亮。小鸟一定会高兴的。"他们口口声声的景象，在我看来简直就是疯了。

大家在写着"禁止进入"的栅栏里边挖了个坑，把小鸟埋了。不知是谁从垃圾箱捡了一根冰棍的木棒插在泥土之上，又供奉了一大堆花朵的尸体。"你瞧，没错吧，惠子，大家都好伤心，真可怜呀。"母亲像开导我似的，对着我喃喃地说了许多遍。然而我根本不以为然。

这种事情发生过好几次。刚上小学的时候，有两个男生在体育课上扭打成一团，现场乱了套。

"谁去把老师叫过来！"

"谁来阻止他们呀！"

听到尖叫声，我心想原来只要阻止他们就行，便打开身旁的工具柜，从里边取出把铲子，跑到胡闹的男生那儿，朝他脑袋上砸去。

四周都充斥着尖叫声，男生按着脑袋，跌倒在地。看到他按着脑袋不动了，我心想还得让另一个男生停下来，就对着另一边也举起铲子。正当此时——

"惠子，住手！快住手！"女生们哭着喊道。

老师刚跑过来，见到这惨状，惊得瞠目结舌，让我给出解释。

"我听到说要阻止他们，就用最快的办法让他们停手了。"

老师露出费解的神色，前言不搭后语地说着"禁止暴力"之类的话。

"可是，是大家都说要阻止他们的。我只是觉得那么做可以让山崎同学和青木同学都停手而已。"

我不明白老师在生什么气，仔细地解释给他听，结果是母亲被叫去参加教职员会议了。

看到母亲表情严肃地一边说着"对不起，对不起……"一边向老师低头赔礼，我意识到自己的所作所为似乎是不对的。但我还是无法理解究竟是为什么。

还有一次也这样。有个女老师忽然歇斯底里起来，用点名簿激烈地拍打着讲台，大吼大叫，大家甚至被吓得哭了起来。

"老师，对不起！"

"请别这样，老师！"

大家在可怕的气氛中不停劝解也无济于事。为了让这老师闭嘴，我跑到她身旁，猛地把她的短裙和内裤都扯了下来。年轻的女老师大惊失色，哭了起来，接着全班安静了。

隔壁班的老师跑来询问情况，我便解释说，在电视上或者电影院里看到有成年女人被扒掉衣服就安静下来的情节。结果是我又上了教职员会议。

"惠子，你为什么就是不懂呢……"

被叫去学校的母亲，在回家的路上泄气地嘀咕着，抱紧了我。我似乎又闯了什么祸，但我不明白是为什么。

父亲和母亲尽管很是为难，却依旧疼爱我。让父母如此伤心，不得不向各种人道歉，并非出自我的本意，所以我决定在家以外的地方杜绝开口说话。要么模仿众人，要么遵从他人指示，放弃一切主动的机会。

除非必要决不说话，从不做出自主的行动。看到这样的我，大人们似乎如释重负。

随着我升上高年级，因为太过安静，也相应地造成了一些麻烦。不过对于我来说，沉默是最妥当的方法，是为了活下去最合理的处世之道。哪怕联络单上被写上"多交几个朋友，打起精神出去玩玩吧！"，我仍旧贯彻到底，除了必须事项，从不谈论任何问题。

比我小两岁的妹妹跟我不同，她是个"普通"的孩子。即便如此，她并不对我敬而远之，甚至还有点仰慕。妹妹跟我不同，会因为普通的事情被母亲责骂，每当这时候，我就会来到母亲身边询问缘由："为什么要生气呢？"或许是因为我向母亲提出的疑问，说教就到此为止了。妹妹大概认为我在袒护她，总是会对我说"谢谢"。因为我对点心和玩具几乎不感兴趣，经常把那些东西让给妹妹，所以妹妹总爱围着我转。

家人们非常珍视我，全心全意地爱着我，所以才无时无刻不担心着我。

"怎么才能'治好'呢？"

我还记得那次听见父母交谈的话语，让我觉得自己身上的确有某些地方不得不修正。父亲也曾经驾车带我去很远的城市接受心理咨询。医生首先提出的怀疑就是家庭是否有问题。可身为银行职员的父亲是个稳重又认真的人，母亲虽有些懦弱但很温柔，连妹妹都很亲近我这个姐姐。"总而言之，再多些关爱，耐心地关注她的成长吧。"听了这种不痛不痒的话之后，父母依旧全身心投入，把我当成掌上明珠来养育。

虽然在学校里从没交过朋友，也并没受多少苛责。我尽可能不多说一句废话的办法姑且算是成功了，走完了小学和初中的成长之路。

直到高中毕业成了大学生，我依然没有改变。基本上休息时间都是一个人度过，几乎没有什么私下的交谈。虽然没引发过小学时的那种麻烦事，但母亲和父亲都很担心我这样下去没法走上社会。在想着"必须要治好自己"的时候，我已经逐渐长大成人了。

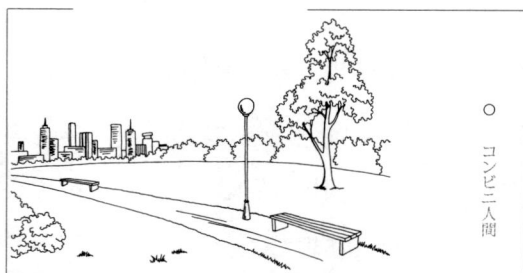

○

コンビニ人間

3

"微笑便利"（Smile Mart）日色町站前店开业的那天，是1998年5月1日，还是我大学一年级的时候。

我还清楚地记得自己在开业之前是怎么找到这家店的。刚进大学那阵子，学校组织集体去看能剧[①]，没交朋友的我一个人回家，大概是走错了路，不知不觉间就进了一片毫无印象的商务街区。

回过神来，我发觉四下都没有人的气息。大街上到处都是漂亮的白色高楼，就如同绘画纸搭建的模型一样，仿若是虚假的光景。

----

① 能剧，日本传统曲艺项目。

简直如同鬼城一般的，只有高楼的世界。星期天的日间，街道上除了我，不见任何人影。

一种误闯入异世界的感觉侵袭而来，我加快步伐，去寻找地铁站。总算找到地铁的标志，我才松了一口气朝那边跑去，恰巧发现那栋纯白色写字楼的底层，仿佛变成了一个透明的大水缸。

"微笑便利日色町站前店 OPEN！开业职员招募中！"只有这么一张海报贴在透明的玻璃上，除此之外并没有任何招牌。我偷偷朝玻璃后边窥视了一眼，根本没人在。大概是还在施工吧，四处的墙壁上都还贴着塑封纸，只有什么都没装的白色货架并排摆放着。这片空空如也的地方会变成一个便利店？我怎么都无法相信。

家里给的生活费已经足够，但我对打工还是很感兴趣。我把海报上的电话号码记下来，回到家第二天就打了电话。经过一轮简单的面试，立即就被录用了。

接到下周开始培训的消息，我在指定的时间去了门店，那里比之前见过的模样更像便利店一点了。日用品的货架已经摆放完毕，文具和手帕之类的商品井然有序。

跟我一样被录用的兼职人员集合在店内。有看上去跟我一样是大学生的女孩，有自带自由职业者气质的男生，也有年纪大些像是家庭主妇的女人。大约十五个年龄与穿着各异的兼职者，怯生生地在店堂中晃悠。

不一会儿，负责培训的职员出现了，给所有人分发了制服。我们套上制服，按照穿戴检查海报上的要求，调整好仪容。长发的女性要把头发绑起来，把手表和首饰都脱下，再排成一列。刚才还外貌各异的我们，顿时就像极了"店员"。

最开始练习的是表情和问候语。我们被要求盯着笑容海报看，按照提示抬起嘴角，挺直背脊，排成一行，依次喊出"欢迎光临！"。那个负责培训的男职员一个个检查过来，发现谁的声音太小或者表情生涩，就会发出指示："再来一遍！"

"冈本小姐，别害羞，笑容再灿烂一点！相崎小弟，声音再响亮一点！好嘞，再来一次！古仓小姐，不错不错，就是这样，要精神饱满！"

我很擅长模仿在准备室看过的范例录像和培训员做的示范。至今都不曾有任何人教过我"这才是正常的表情，正常的发声方式"。

临近开业的两周时间里，我们分成两人一组，面对着公司职员所扮演的虚拟顾客，一个劲地持续练习。要看着"客人"的眼睛微笑并行一礼，生理用品要装进纸袋，热的东西和冷的东西要分开装，有人点速食类商品要用酒精给双手消毒。为了让我们熟悉金钱，收银机里装的是真钱，不过收据上都印着大大的"培训"二字。接待的顾客都穿着相同的制服，是将来打工时的同伴，总觉得像是在玩超市过家家。

大学生、玩乐队的男孩、自由职业者、家庭主妇、夜校的高中生，形形色色的人穿着相同的制服，被重新打造成统一规格，成为名叫"店员"的生物，这个过程有趣极了。培训结束的那天，大家都脱下制服变回了原来的状态。就好像换了身皮，变成另一种生物。

　　两周的培训之后，门店开张的那天终于来了。那天，我们一早就聚在店里。我们按照指示，在空无一物的洁白货架上将商品摆放得满满当当。经由职员之手，货架被不留缝隙地塞满，不知为何有一种工艺品的感觉。

　　开业时间到来，职员打开大门的瞬间，我才觉得"货真价实"了。不是培训时假想出的虚拟顾客，而是"来真的"。各式各样的人都有。我本以为店开在商务街区，来的顾客会都穿着西装或者制服，可最先进店的，是人手一张打折传单的居民区团体。第一个顾客是个上了年纪的妇人。拄着拐杖的妇人第一个进店，后边一大群手持饭团便当打折券的顾客跟着鱼贯而入。我瞠目结舌地望着这景象。

　　"古仓小姐，快呀，声音呢！"

　　听到职员的提醒，我才回过神来。

　　"欢迎光临！今日开业特惠中！敬请自由选购！"

　　同样是在店堂里吆喝，当有了真正的"顾客"在的时候，回荡出的声响是截然不同的。

我根本不知道"顾客"是这么能制造噪音的生物。四下回响的脚步声、说话声、将点心包装丢进篮子的声音、打开冷饮柜门的声音。我被顾客发出的声音彻底压制住了，即便如此，还是不服输地反复喊着："欢迎光临！"

食物与点心堆叠成的小山刚才还漂亮得如同手工艺品，一经"顾客"之手，转眼间就崩塌了。总感觉像是虚设之物的店堂经过这些手的触碰，逐渐展现出鲜活逼真的面貌。

第一个来到收银台的顾客，就是率先踏入店内的那个端庄的老妇人。

我回想着员工手册的内容，在收银台站定。妇人把装着泡芙、三明治和好几个饭团的购物篮放在收银台上。

因为是第一个顾客来结账，柜台里面的店员把腰杆挺得更直了。在众多职员的注视下，我按照培训中所学的流程，向女顾客行了一礼。

"欢迎光临！"

我开口了，声调跟培训视频中的女人如出一辙。我接过购物篮，按照培训流程开始扫描条形码。守候在我这个新人身旁的职员迅速地将商品装入口袋。

"这儿早晨几点开始营业呀？"妇人问道。

"呃……今天是十点开门！那个，以后会一直开下去！"

培训中没有学过这种提问，我回答得支支吾吾的，职员迅速为我补救。

"从今天就正式开始二十四小时营业了。全年无休。请您随时来光顾！"

"是吗，半夜里也开着？早晨也是？"

"是的。"我点头回答。

"真方便呀。你瞧我，腰有点直不起来，走路很费劲。超市那么远，一直都很头疼呢。"妇人对我回以微笑。

"没错，从现在开始就二十四小时营业了。请您随时来光顾！"

我照着身旁职员说的话，有样学样地重复了一遍。

"真了不起呀。做店员也很辛苦呢。"

"谢谢您的惠顾！"

我模仿着职员，使劲鞠了个躬，妇人笑着说："谢谢你，我下次还来。"便离开收银台走远了。

站在旁边装袋的职员说道：

"古仓小姐，你真厉害，完美无缺！第一次收银还能这么沉着！就按照这种感觉继续吧！瞧，下一个客人来了！"

听见职员的话，我向前望去，一个在篮中装了许多打折饭团的顾客正越走越近。

"欢迎光临！"

我用和刚才相同的音调大声打了招呼，接过购物篮。

就在那一刻，我第一次真正成为世界的零件。我感觉到自己获得了新生。一个身为世界正常零件的我，在这一天，确确实实地诞生了。

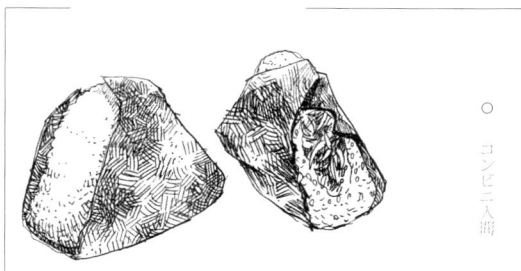

4

　　我偶尔会用计算器数数那天之后过去了多长时间。微笑便利日色町站前店一日都不曾停歇，永远亮着灯持续运转。几天前，这家店迎来了第十九个 5 月 1 日，从那天开始已经经过了十五万七千八百个小时。我变成了三十六岁，这家店和身为店员的我，都已经十八岁了。那天一起参加培训的店员们，已经一个都不在了。店长都是第八个了。那天的商品一件都没留下，然而我依旧是这里的店员。

　　我刚开始打工的时候，家人们都很为我高兴。

　　当我说大学毕业还打算继续做兼职的时候也一样，他们觉得相比我之前与社会几乎毫无交集的情况，已经是很了不起的成长了，对我很支持。

大学一年级的时候，是包括周末在内，每周兼职四天，现在是每周上五天班。平日里一回家，就立刻钻进狭小的六叠半①房间，瘫倒在从不叠起的被褥上。

刚进大学的时候，我就离开了老家，找了个租金便宜的房间开始住。

我迟迟不去找工作，还近乎偏执地只在同一家店继续做兼职，这似乎让家人逐渐担忧了起来，可那时已经为时已晚。

为什么偏要在便利商店打工呢？就不能找个普通的职位吗？这连我自己也不明白。这儿不过是有一份完美的员工手册，能让我当好一个"店员"。可是，手册之外的场合，究竟该怎样做才能当好一个普通人呢？我依然感到一头雾水。

父母很溺爱我，愿意照顾永远都在兼职打工的我。

---

① "一叠"为一片榻榻米（90cm×180cm）的面积，为1.62㎡，六叠半大约11㎡。

我也曾感到过意不去，二十多岁时尝试找过几次工作。然而只在便利店兼职过的我，连笔试都很难通过，就算坚持到面试，也很难解释清楚自己为什么兼职那么多年。

大概是因为几乎每天都不停工作，梦中的我都时常在便利店打收银条。啊，薯条的新品还没挂价格牌；热茶卖得特别好，必须要补货了……我总是想着这些事情醒来的。还曾因为自己喊"欢迎光临！"的叫声在半夜惊醒。

睡不着的夜晚，我也会想着那个随时有人影晃动的透明玻璃箱。就好像在清洁的水缸中，安装了一套机械一般，此刻的小店依旧在运转。一想起这片景象，店里的声响就会在鼓膜内侧复苏，我便能安心地沉沉睡去。

到了早晨，我再次变成店员，变成世界的齿轮。只有这样，才让我显得像个正常的人。

　　早晨8点，我打开微笑便利日色町站前店的大门。

　　工作要从9点开始，不过我会提早一点到，在准备室里吃早饭。一到店里，我就会买一瓶两升宝特瓶装矿泉水，再挑一份快过期的面包或者三明治，进准备室吃。

　　准备室里有个大屏幕，上面播放着监控摄像头拍到的视频。画面中，有刚开始上夜班的越南人新手达特正拼命打着收银条的样子，也有店长为了接应还不熟练的他而跑来跑去的身影。我看着视频，一边做好有问题就随时穿上制服走出准备室帮忙收银的准备，一边吞下面包。

　　早晨就这样吃些便利店的面包，休息时间吃便利店的饭团和速食当作午饭，晚上要是累了，也经常会直接买些店里的东西带回家。两升宝特瓶里的水在工作的过程中喝掉大约一半，直接放进环保袋里带回家，一直能喝到晚上。一想到我身体的大部分都是由这家便利店的食物组成的，我就感觉自己跟日用品货架和咖啡机是一样的，都属于这家店的一部分。

吃完早饭，我会确认一下天气预报，或者看看店里的数据。天气预报对于便利店来说，是很重要的信息源。与昨天相比的温差也很重要，今天最高气温二十一摄氏度，最低气温十四摄氏度。从傍晚开始就要阴转雨。比起气温的数值，人们更容易感觉到变冷了。

天热的日子三明治卖得多，天冷的日子，饭团、中餐包子、面包卖得更好。柜台前的熟食销量也因气温而异。在日色町站前店里，天冷的日子可乐饼卖得很好。刚巧还在促销，今天就多做几个可乐饼吧。我把这件事牢牢记在脑中。

忙忙碌碌中，时间就过去了。和我一样从9点开始兼职的日班员工一个接一个来到店里。

刚过 8 点半的时候，只听见一声沙哑的"早上好！"，门开了。来的是可靠的兼职领班泉小姐。她比我大一岁，是个三十七岁的家庭主妇，虽然性格有点刻薄，但是干起活儿来很麻利。她穿着一身略带花哨的衣服，正在鞋柜前把高跟鞋换成胶底鞋。

"古仓小姐，今天来得也好早呀。啊，那是面包的新品吧。味道怎么样？"泉小姐盯着我手中的杧果巧克力面包说道。

"奶油有点怪怪的，味道太浓了很难下口。不怎么好吃啊！"

"咦？真的？店长订了一百个呢，糟糕了。总之最起码要把今天来的这批给卖出去才行啊！"

"是！"

来兼职的绝大多数是学生或者自由职业者，能跟同年龄段的女性一起工作很难得。

泉小姐把棕色头发盘起，在深蓝色的针织衫之上套了件白衬衫，系上水蓝色领带。日色町站前店在刚开业的时候还没有这种规矩，换了现在的老板之后，才规定必须在制服里面穿衬衫打领带。

泉小姐正在镜子前整理服装的时候，又传来一声"早上好！"，是菅原小姐跑进来了。

菅原小姐二十四岁，兼职，是个嗓音响亮性格开朗的女孩。她好像在乐队里当主唱，总嘀咕着想把那头超短发染成红色的。她有点肉嘟嘟的，很惹人喜爱，但在泉小姐来之前经常迟到，还戴着耳钉工作，总被店长责骂。多亏了泉小姐耐着性子管教她，如今的菅原小姐已经完全是个认真又投入的店员了。

上日班的除了她们，还有瘦高个子的大学生岩木、刚找到正式职位快要离开的自由职业者雪下。岩木也在找工作，无法出勤的日子越来越多。除非店长从夜班调回日班，或者招几个上日班的新人，否则这家店就快撑不下去了。

现在组成"我"的成分，几乎都来自我身边的人。三成来自泉小姐，三成来自菅原小姐，二成来自店长，其余的部分来自半年前辞职的佐佐木、一年前都还在做领班的冈崎等。从过去共事的他人身上吸收而来的东西，组成了"我"。

尤其是说话的语气，很容易受身旁之人的传染。把泉小姐和菅原小姐的语气混合一下，就成了我现在的说话语气。

我想，大多数人也都是这样的吧。以前有菅原小姐的乐队同伴来店里露过脸，那些女孩都穿着和菅原小姐类似的服装，说话口气也如出一辙。自从泉小姐来了之后，佐佐木小姐说"辛苦了！"的口气就跟泉小姐一模一样了。和泉小姐在之前一家店里很要好的主妇朋友来帮忙的时候，因为穿着跟泉小姐太过相似，我差点把她们俩搞混了。我的说话语气，说不定也传染给了别人。我觉得，就是在这种互相传染的过程中，我们才能继续维持人的身份。

开始工作之前的泉小姐，穿着虽然有点花哨但合乎三十多岁女性形象的服装。于是我会观察她所穿鞋子的品牌，或者偷看她柜子里的外衣商标来做参考。有一次，她把手提包忘在准备室里，我也窥探了里面的内容，把化妆品的名称和品牌都记了下来。要是原封不动地模仿，很快就会露馅的。所以我会先搜索品牌名称，找到穿那些服装的人写的博客，里面往往会提到其他的品牌，比如"该买哪家的披肩好呢"，而我就穿着文中列出的其他品牌。每当我看到泉小姐的着装、小配饰、发型，等等，就觉得她才是标准三十余岁女性的典范。

泉小姐的视线不经意间停留在我穿的平跟鞋上。

"哇，你这双鞋子是在表参道的店里买的吧。我也好喜欢这双鞋啊。我有这个牌子的长筒靴哟——"

泉小姐在准备室里时，会把句尾稍稍拖长，用一种慵懒的语气说话。

这双鞋子就是趁泉小姐上厕所的间隙，把她鞋底的品牌抄下来，再专门去店里买的。

"欸？真的吗！该不会就是深蓝色的那双？之前你穿来

店里了吧，那双真的好可爱！"

我复制出菅原小姐的腔调，把句尾的语气变得稍稍成熟一些，回答了泉小姐的提问。菅原小姐说起话来，就好像到处标着断音符号，一颤一颤的，跟泉小姐截然相反，可二者交织起来的语气，是令人难以置信的恰到好处。

"古仓小姐跟我的品位真合得来。你的包包也挺可爱呢。"泉小姐露出微笑。

原本就是把泉小姐当成样板买来的，品位合得来也是理所当然。在别人的眼中，我看上去只是个拎着与年龄相称的包包，语气既不失礼也不见外，说起话来距离感恰如其分的"普通人"。

"泉小姐，昨天你在店里吗？库存的拉面都黏糊糊地结成团了！"

在鞋柜那边换衣服的菅原小姐忽然大声说话，泉小姐也转身回应她：

"在呀。白天还没什么问题的，没想到夜班那孩子又无故缺勤了。所以才让新来的达特补缺呀。"

一边往上拉着制服拉链一边往这边走来的菅原小姐皱了皱眉：

"什么？又翘班啦？明知道现在人手不足，简直不敢相信！难怪别人说这家店快倒了嘛。软包装饮料根本就没摆上架呀，现在可是早高峰啊！"

"就是就是。糟糕到极点了。店长说他这周还要继续上夜班呢。现在都只剩新人了。"

"日班还有找工作的岩木也不肯来！真的让人头大！不干就不干呗，也不提前说一声，结果还不是只能找其他兼职的过来替他擦屁股吗？！"

听着两人感情丰富的对话，我就产生了几分焦虑。我的身体中几乎没有名叫"愤怒"的感情。我只会觉得"缺人手真麻烦啊……"。我偷看了一眼菅原小姐的表情，像员工培训时那样，扭动脸上相同位置的肌肉，试着说了句话：

"什么？又翘班啦？明知道现在人手不足，简直不敢相信！"

看到我重复菅原小姐说的话，泉小姐一边摘下手表和戒指，一边笑了。

"哈哈，古仓小姐怒气冲天了！不过说得好，真的是不可理喻啊！"

因为同一件事发怒，店员们就会一齐露出愉快的表情，我从刚开始打工的时候就注意到了。比如说店长让人窝火啦，夜班又有谁缺勤啦，只要在有人表达愤怒的时候配合他，就会产生一种不可思议的连带感，大家都为我的愤怒感到高兴。

看见泉小姐和菅原小姐的表情，我才放心下来：啊啊，我刚才熟练地扮演好一个"人"了。这份放心的感觉，已经不知在便利商店这个场合重复过多少遍。

泉小姐看看时钟，对我们说道：

"那就先去开早会吧。"

"好——"

我们三人排成一行，早会开始了。泉小姐翻开联络簿，交代今天的目标和注意事项。

"今天的新品杧果巧克力面包是推荐商品。大家一起多招呼几声吧。还有，最近是保洁强化期间。白天的工作虽然很忙，但也不要忘记仔细清洁地板、窗户和大门四周。时间不够我们就省略宣誓了。接下来，跟我一起念接待用语。'欢迎光临！'"

"欢迎光临！"

"'我明白了！'"

"我明白了！"

"'谢谢惠顾！'"

"谢谢惠顾！"

在接待用语的一唱一和中，我们检查好仪容，嘴上说着"欢迎光临！"，一个接一个走出门外。我也跟着她们两个，奔出准备室的大门。

"欢迎光临，早上好！"

我很喜欢这个瞬间。感觉"早晨"这一段时间被输送到了自己的身体中。

人们从外面走入店内的铃声，在我听来就像教堂的钟声。打开这扇门，就有个发光的盒子在等着我。那是一个永远都在运转，无可动摇的正常世界。我坚信着这个充满光芒的盒中世界。

6

我在周五和周日休息，平日里的周五我有时会去见见结婚后住在老家的朋友。

在学生时代，我一心一意地坚持着"沉默"，所以几乎没交过朋友，可是开始打工之后，参加同学会时与旧友重逢，反倒交到了老家的朋友。

"呀，好久不见，古仓小姐！你的形象完全变了嘛！"

爽朗地与我搭话的是美穗。只因为提的包是同款不同色，我们聊得热络起来，约定下次一起去购物，还交换了邮箱地址。从那以后，我们就偶尔聚一聚，一起吃顿饭或者买点东西。

美穗现在已经结婚，在老家买了一套独门独院的二手房，经常找朋友聚会。虽然有时我会想"明天还要打工，实在懒得去"，但她是我与便利店外的世界唯一的连接点。这是与相同年纪的"普通三十余岁女性"进行交流的宝贵机会，只要美穗邀请我，我都尽可能答应。今天就是这样，聚会的成员有美穗、带着年幼孩子的由香里、已经结婚但还没生孩子的皋月，还有我。大家把蛋糕带去美穗家，一起喝茶聊天。

带孩子的由香里因为丈夫工作的关系，离开了老家好一阵子，已经很久不见了。由香里一边品尝着车站前购物中心买来的蛋糕，一边盯着大家的脸，连连说"好怀念好怀念"，大家都笑了。

"果然还是老家好啊。我和惠子上次见面，还是刚结婚那阵子呢。"

"嗯，是啊是啊。那时候大家都去祝贺，人比这次还多，还一起烤肉来着呢。真怀念啊！"我把泉小姐与菅原小姐的语气糅合起来说话。

"总觉得，惠子你变了。"由香里注视着语气感情丰富的我，"你以前说话的语气，好像更加天然呆一点吧？是因为发型变了吗？整个人的气质都不一样了。"

"咦？是吗？可能因为我们经常见面，我觉得根本就没变过哦。"美穗歪了歪脑袋。

这是肯定的，我心想。因为，我所摄取的"世界"是随时都在交替的。就好比上次与朋友见面时身体中的那些水已经几乎不存在，换成了另一批水那样，塑造出我的成分时刻都在变化。

几年前聚会时，打工的大多是些悠闲的大学生，我说话的语气肯定和现在完全不同。

"是这样吗？究竟有没有变呀！"我不做过多解释，只用笑容回应。

"这么说来，穿衣的感觉可能有点变了吧？之前感觉是更加自然风格的。"

"啊，说不定就是这原因。你那件短裙是在表参道的店里买的吧？我也试穿了一条不同色的，真可爱呀。"

"嗯，最近我总穿这家的衣服。"

身上穿的洋装和说话节奏都彻底变了的我正露出一脸笑容。我的朋友究竟在和谁说话呢？即便如此，由香里还是接连说出"好怀念"，一个劲地冲着我笑。

大概是因为美穗与皋月频繁在老家碰头，她们的表情和语气几乎一模一样。尤其是吃点心的方式很相似，两人都用做了美甲的手将曲奇掰成小块再送进嘴里。她们以前就这样吗？我想回忆出更多来，但记忆却模糊不清。之前聚会时见到的这两人流露出的习惯与举止，恐怕已经不知被冲刷到哪里去了。

"下次我们多找些人来聚一聚吧。难得由香里也回老家来了，干脆把志保她们也叫来好了！"

"嗯嗯，好主意，就这么办吧！"

听到美穗的提议，大家纷纷表示赞同。

"把各自的老公和孩子都带过来，再搞一次烤肉派对吧。"

"哇，好想来一次！好朋友的孩子们都能更亲近，想着就好棒。"

"是啊，感觉真美好呀。"

听见皋月的口吻中流露出歆羡，由香里就问道："皋月你不打算也要个孩子吗？"

"嗯……倒是挺想要的。以前都是顺其自然的，现在觉得也差不多该做做备孕了。"

"嗯，嗯，现在肯定是最好的时机了。"由香里点头道。

看见皋月注视着由香里熟睡的孩子，我不禁觉得她们俩的子宫都在产生共鸣。

连连点头的由香里忽地把视线转向我这边：

"惠子，你还没结婚吗？"

"嗯，还没呢。"

"咦？你难道还在做兼职？"

我思量了一小会儿。我也知道，这个年纪的人要是没有正经工作或者好好结婚，就会显得很古怪，妹妹早就叮嘱过我了。然而知晓实情的美穗她们就在眼前，也没办法蒙混过关，我只能点点头：

"嗯，确实还在做兼职呀。"

听到我的回答，由香里露出了不解的神情。我赶忙补上一句话："因为身体一直不太舒服，所以现在还在做兼职！"

我在和老家的朋友见面时，都会解释说有点老毛病，身子骨弱，所以才在做兼职。而在店里面，我就说父母时常会生病，需要我照看。这两种借口都是妹妹替我想出来的。

刚过二十岁时，选择自由职业根本不算稀奇，也没必要找什么借口。可大部分人都通过就业或者结婚的形式与社会接轨了，如今与二者都无缘的只有我一个人。

明明嘴上说身体虚弱，每天却还在做着长时间站立的工作，大家在内心恐怕都已经觉得奇怪了。

"能问个奇怪的问题吗？我说啊，惠子你谈过恋爱吗？"

"恋爱？"

"就是和人交往之类的啦……这么说来，好像从来没听你谈过这种事呢。"

"是啊，没谈过。"

我条件反射般地坦诚回答，让众人顿时沉默不语。她们脸上浮现出不知所措的表情，互相使眼色。啊，想起来了，这时候应该模棱两可地回答"嗯……也遇到过感觉不错的，都怪我看人没眼光"才对啊。而且最好要在回答时表现出一种"我有过交往的经验，但那是一段有婚外情之类特殊状况的恋爱体验，也确实有过肉体关系"的样子。这些都是妹妹在过去教过我的。"有关隐私的问题，只要含糊其词地回答，对方就会自动去补充理解了。"明知如此还是答错了。

"其实啊，我有不少同性恋的朋友，这些事我都理解的。现在不是还有'无性恋'之类的群体嘛！"美穗像在挽回气氛似的说道。

"对啊对啊，听说还越来越多了。有不少年轻人都对那种事没兴趣。"

"我在电视上看到说，想出柜① 也很困难呀。"

尽管没有性经验，我也没怎么在意过自己的性取向，

———————————
① 出柜，指边缘群体公开自己的性取向。

只是对性事毫不在乎而已，并没有为此烦恼过。众人竟然以我在受苦为前提，一个劲地讨论这话题。就算真是这样，也不见得是她们口中那些简单易懂的苦恼，可谁都不去思考更深的缘由。她们只是为了方便自己理解，才解释得如此简单易懂吧。

小时候我用铲子揍了男生那次也一样，那群大人都只会说"肯定是家庭教育有问题"，还用些无根无据的臆测来攻击我的家人。假如我是受虐儿童，原因就很好理解，可以安心了。"所以肯定是这样没错，赶紧承认吧！"就差要这么说出口了。

真麻烦啊，你们为什么那么想要安心呢？我边想边开了口：

"嗯……不管怎样，还是因为我身子骨太弱啦！"

妹妹说过，遇到麻烦的时候总之就先这么回答吧。于是我把这借口重复了一遍。

"是吗，嗯嗯，也对也对。毕竟还有些旧病，各方面都会辛苦一点。"

"很早以前就有了吧？没事吧？"

真想赶快去便利店啊，我心想。在便利店里，身为工作团队中的一员比什么都重要，也不会这么复杂。不论性别、年龄、国籍，只要穿上相同的制服，所有人都是待遇均等的"店员"。

一看手表，已经下午3点了。收银机的清算差不多该做完了，也去银行兑过零钱了，一卡车的面包和便当刚送来，正要开始摆放上架。

就算离得很远，便利店与我依然联系在一起。光芒四射的微笑便利日色町站前店中的忙碌景象，再加上充斥店堂的吵闹声，鲜明地浮现在我的脑海中。我在膝盖上静静抚摩着那只专为打收银条而将指甲修剪平整的手。

○

コンビニ人間

7

　　要是哪天清晨醒得太早，我会提前一站下车，走路去店里。从公寓和餐饮店林立的地方朝着便利店的方向行走，逐渐地，就只剩下写字楼了。

　　这种仿佛世界在慢慢死去的感觉，让人很舒畅。这与第一次迷路来到店里的景象毫无差异。一大早，只是偶尔会见到身穿西装的上班族踩着匆忙的步伐一闪而过，几乎见不到其他生物。

　　这地方明明只有写字楼，在便利店里干久了也常见到居民区装束的顾客到访，我时常会寻思，他们究竟是住在哪里的呀？我在恍惚中想，这个让我如同在蝉的空壳中行走的世界上，还有我的"顾客"在某处沉睡着。

到了晚上，写字楼中的一排排亮光就化为一片几何形状的光景。与我住的廉价公寓所呈现的景象不同，这些光也如同无机物，带着均匀的色彩。

在店铺周围散步，对便利店的店员来说是很重要的信息收集过程。附近的餐饮店要是开始卖便当了，就会影响到销售额；要是有新的工地开工，来这里工作的顾客就会增加。开业第四年的时候，附近一家与我们竞争的店倒闭，把我们累坏了。那家店的客人蜂拥而至，午高峰怎么都不结束，一直忙到加班时间。便当的数量不足，店长被总公司的人大骂市场调查不充分。为了避免这种情况再发生，我作为一个店员，会在行走中细致入微地观察这片街区。

今天倒是没有什么大变化，不过附近的新大楼就要造好了，落成之后，顾客说不定还会增加。我把这件事牢记在脑中，来到店堂里，买上三明治和茶水，走进准备室。今天依旧上夜班的店长，正蜷曲着汗涔涔的身子，向店里的库存电脑中输入数字。

"早上好！"

"啊，早上好，古仓小姐，今天也好早呀！"

店长是个三十岁的男人，做事一向干脆利落。嘴上不客气但工作不含糊，是这家店的第八任店长。

第二任店长爱翘班，第四任店长性格认真喜欢打扫，第六任店长有点怪毛病，被人厌恶，惹出了中班员工集体辞职的大麻烦。第八任店长比较受兼职员工的喜爱，又因为他是凡事亲力亲为的类型，光看着就很舒心。第七任店长太过软弱，兼顾不了夜班的管理，把整家店搞成了一盘散沙。"虽然嘴上不饶人，但正因为这样，干起活儿来才更轻松。"这是我对第八任店长的评价。

十八年来，"店长"的形象不停变换，而店却常在。尽管每一个人都截然不同，但将所有人合并起来，就仿佛组成了一头活生生的动物。

第八任店长的声音很响亮，准备室中总有他的声音在回荡。

"啊，你今天要和新来的白羽先生一起看店！他在夜班培训过了，还是第一次上日班。好好关照一下他吧！"

"是！"我精神饱满地回答。

店长输入数字的手没有停下，点了好几次头。

"哎呀，有古仓小姐在真是让人放心呀。岩木也要正式离职了，最近这阵子，就要靠古仓小姐、泉小姐、菅原小姐，还有新战斗力白羽先生了。白天就是你们四个人轮班，拜托了！我看上去还得再多上几天夜班才行呀！"

尽管调子完全不同，店长也和泉小姐一样，说话时爱把句尾拉得很长。也许就是因为吸收了店长的语调，泉小姐句尾才拉得越来越长了。我想着这些琐事，用菅原小姐的语调点头说道："是，没问题！希望赶快能有新人进来呢！"

"嗯……我也在一边招聘，一边问问夜班的孩子有没有要兼职的朋友。日班多亏有古仓小姐一周来五天，真是帮大忙了！"

在人手短缺的便利店里，"无过无失，能作为店员长期留在店里"是非常难能可贵的。相比泉小姐和菅原小姐，我称不上是多么优秀的店员，但要是论"不迟到不缺勤，每天来店上班"的话，我不会输给任何人。所以我才被当作最好的零件来看待。

就在这时，门的另一边传来了细小的一声："打扰……"

"啊，白羽先生？快进来快进来！我之前没跟你说过要提前三十分钟出勤吗？迟到了啦！"

随着店长的说话声，门静静地打开了。一个足足超过一米八、身材纤长，像个钢丝衣架似的男人低着头走了进来。

明明自己已经瘦得像钢丝了，脸上还戴了一副好似缠着钢丝的银边眼镜。身上的白衬衫和黑裤子倒是符合店里的规定，但因为太瘦了，衬衫的尺寸明显不合身，手腕都从袖口露出来了，肚子那边却挤出了不自然的褶皱。

第一眼看到简直皮包骨头的白羽先生时，我有一瞬间惊讶了，但又立即低下头。

"初次见面！我是上日班的古仓。请多关照！"

这句话的语气可能比较接近店长。白羽先生露出像是被我的大嗓门吓到的表情，含糊地回答道："好的……"

"白羽先生你也好好打声招呼！凡事开头最关键，招呼必须要打好！"

"是……早上好……"白羽先生吞吞吐吐地小声问好。

"你的培训到今天就算结束了，已经是日班的一员啦！收银、打扫，还有基本的速食品做法已经都教过你了，不过还有很多东西必须要学呢！这位是古仓小姐，你可别吃惊，她从这家店开业的时候就在这儿工作了！不管什么问题都能问她，向她学习！"

"好的……"

"十八年啊十八年！哈哈，吓到了吧，白羽先生！这可是大前辈啊！"

"欸？"听到店长的话，白羽先生露出了惊讶的表情。原本就凹陷的眼睛似乎陷得更深了。

正当我在思考该如何缓解这尴尬的气氛时，门被用力推开了，菅原小姐出现在我们面前。

　　"早上好！"背着乐器箱进入准备室的菅原小姐注意到白羽先生，便快活地向他问好："啊，是新人！今天开始就请多关照啦！"

　　我发现换成第八任店长之后，菅原小姐的嗓门就越来越大了，真让人心里有点发毛啊。我正胡思乱想的时候，不知不觉间，菅原小姐和白羽先生都已经换好了衣服。

　　"好，那今天就由我来主持早会吧！"店长说。

　　"那么先说今天的联络事项！首先，白羽先生的培训正式结束，自今天开始，从早晨 9 点工作到下午 5 点！白羽先生，吆喝的时候中气足一点，加油吧！有什么不懂的就问她们两个！她们都是老手了。今天过了午高峰之后就试着打打收银条吧。"

　　"啊……是……"白羽先生点头道。

　　"还有，今天是法兰克香肠特价，多烤一点！目标是一百根！上次特价的时候卖了八十三根呢，销量不错的！尽管多备一点好了！古仓小姐，拜托了！"

　　"是！"我提高嗓音，精神饱满地回答。

"其他暂且不论，总之在我们店里，体感温度是很重要的影响因素！今天跟昨天的温差很大，今天的冷饮类会卖得比较多，要是饮料少了，要注意随时补充！促销语就主要围绕着法兰克香肠特价，还有新上架的甜品杧果布丁来喊吧！"

"明白！"菅原小姐也干脆地回答道。

"那么，传达事项就到此为止，接下来，一起来念接待六大用语和宣誓语。好，跟着我念！"

我们跟着店长的大嗓门，齐声唱和：

"'我们在此宣誓，将带给顾客最高品质的服务，以打造受当地顾客喜爱的首选店铺为奋斗目标！'"

"我们在此宣誓，将带给顾客最高品质的服务，以打造受当地顾客喜爱的首选店铺为奋斗目标！"

"'欢迎光临！'"

"欢迎光临！"

"'我明白了！'"

"我明白了！"

"'谢谢惠顾！'"

"谢谢惠顾！"

三人的声音重叠在一起。果然有店长在，早会就很严格啊，我心想。此时白羽先生悄悄嘀咕了一句："……简直有点像宗教呢。"

当然是了，我条件反射般地在心中回答。

因为接下来，我们就要成为"店员"，只为这家便利店而存在。白羽先生看上去还不是很习惯，只见到他的嘴巴一张一合，几乎没挤出多少声音。

"早会结束！今天也一起加油奋斗吧！"

"是！"我和菅原小姐回应了店长的话语。

"那么，有什么不懂的问题就随便问吧。请多多关照！"

我刚说完，白羽先生就浅浅地笑了。

"哈，不懂的问题？便利店兼职上的问题？"

白羽先生哼哼笑了起来，每笑一下，鼻子里就发出噗噗的响声，我看到他的鼻涕在鼻孔里吹了个泡泡。

白羽先生那层如同纸糊的干枯皮肤里面，竟然还含有足够吹出泡泡的水分。直到那泡泡破了，我依旧出神地盯着那里。

"没什么好问的。我基本上都明白了。"白羽先生小声地飞快说道。

"啊，难道你过去有经验？"

听到菅原小姐的话，他又小声回答："咦？不，没做过。"

"别心急嘛，还有很多要学的东西呢！那么，古仓小姐，货架整理和之后的事就拜托了！我也该下班回去睡觉了！"

"是！"

菅原小姐说了声"那我先去柜台"就跑开了。

我把白羽先生带到了软包装饮料的地方，模仿菅原小姐的语气，向白羽先生说明：

"那就先麻烦你整理货架了！软包装的饮料在早晨卖得特别多，所以得把货架摆放得足够整洁。摆放的时候，一定要仔细确认价格牌有没有挂好！还有，就算是工作的时候，也不要忘记喊促销语和问候语。有客人来买东西的话，要立刻让开身子，别影响到顾客购物哦！"

"是，是。"

白羽先生懒洋洋地答应了我，就开始整理软包装饮料的货架了。

"这个做完之后我会教你打扫的，到时候跟我说一声吧！"

他没有回应我，只是沉默着继续工作。

我在收银台忙了一会儿，早高峰的队列终于结束之后，去检查了一下软包装饮料货架的情况，白羽先生已经不见了。软包装饮料摆得一团糟，该放橙汁的位置放着一排牛奶。

我去寻找白羽先生，发现他正懒散地阅读着准备室里的员工手册。

"怎么了？有什么地方不懂吗？"

白羽先生掀动员工手册的书页，煞有介事地说："哎呀，这种连锁店的员工手册，我总觉得有点无的放矢，

编得不太行啊。我打算从这种规范上开始，逐渐改善整
个公司。"

"白羽先生，刚才让你整理的货架，还没做完吗？"

"不是啊，那个早就做完啦！"

白羽先生的目光仍然不离开员工手册，我凑近他，鼓
足气力喊道："白羽先生，别管手册了，先整理好货架！整
理货架和招呼声是基本中的基本！你要是不明白，我们一
起来干吧！"

我把懒懒散散的白羽先生再次带到软包装饮料的货架
前，用最容易理解的方式，边说明边动手，把商品排放得
整整齐齐的给他看。

"请你一定要像这样，摆放得能吸引顾客把脸转过来
看！还有，不要擅自乱换位置，这里放蔬菜汁，这里放豆
奶，都是规定好的……"

"这种工作，好像不太符合男人的本能啊。"白羽先生
冷不丁地说，"你想啊，绳文时代开始不就是这样吗？男人
外出打猎，女人就守着家，采集树果和野草，然后等男人

回家。这种工作，按照大脑结构来讲，就是更适合女人来做嘛。"

"白羽先生！已经是现代了！便利店的店员可不分男女，都是店员！啊，冷藏室里还有一些库存，排库存的步骤也一起学一遍吧！"

我从冷藏室中取出库存，向白羽先生说明摆放的要点，又赶忙回到自己的工作中去。

我带着库存的法兰克香肠来到收银台，只见正往咖啡机里补豆子的菅原小姐愁眉苦脸的样子。

"那个人是不是有点奇怪啊？培训刚结束，今天差不多才第一天吧？连收银条都打不像样，竟然叫我让他来写订单了！"

"是吗——"

不论他擅长哪方面，有干劲总是好事，我心想。可菅原小姐却托起肉嘟嘟的脸蛋，露出了微笑：

"古仓小姐，你从来不生气呀。"

"欸？"

"我的意思是，古仓小姐你真了不起啊。我就受不了那种人，看到就心烦。不过古仓小姐你……这么说吧，你有时也会跟着我和泉小姐一起发火，可你自己基本上是不会发牢骚的。我从来没见过你对讨厌的新人生过气呢。"

我惊得无言以对。

这感觉仿佛是被人指出了是个假货。我赶忙掩饰自己的表情：

"……才不会呢，只是不写在脸上而已。"

"咦，原来是这样啊。要是谁被古仓小姐骂了，肯定要留心理阴影啦！"菅原小姐高声笑道。

在放松状态的菅原小姐面前，我总是会细致入微地调整措辞，让脸部肌肉保持活动。

购物篮放在收银台上的声音传来，我迅速回过头去，只见那位常来的妇人正撑着拐杖站在前方。

"欢迎光临！"我开始动作利落地扫描商品条形码。

妇人眯着眼睛说："这儿真是一点都没变呀。"

我停顿了一小会儿才回答说："是呀！"

　　不论是店长、店员、一次性筷子、汤匙、制服、零钱，还是扫过条形码的牛奶、鸡蛋，甚至于装它们的塑料袋，都几乎不是当初开业的那些了。尽管店一直都在，但店里的事物总在一点点被置换掉。

　　这也许就是"一点都没变"的本质吧。我在内心思考着这个问题，同时声音响亮地对女顾客说道：

　　"三百九十日元！"

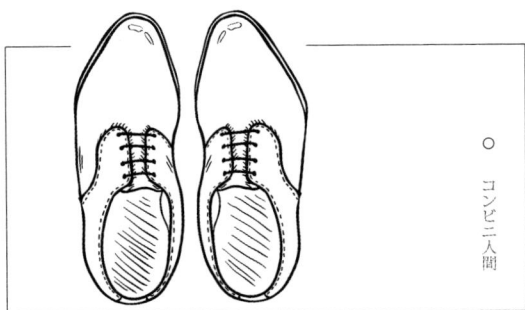

○　コンビニ人間

8

一个不用做兼职的周五，我去了妹妹在横滨一带的住处。

妹妹所住的是新式住宅区，一批建在车站前的新公寓。妹夫在电力公司上班，听说基本上都会坐末班车回家。

公寓不怎么宽敞，但崭新又漂亮，打理得很是温馨。

"姐姐，快进来吧。悠太郎刚睡着呢。"

听到妹妹的招呼声，我说了句"打扰了"，悄声进了公寓。外甥出生之后，我还是第一次来到妹妹家。

"带孩子怎么样，辛苦吗？"

"确实辛苦呀，还好已习惯一点了。最近晚上总算能睡个好觉了，比原来舒服多了。"

我在医院隔着玻璃窗看到外甥的时候，觉得他就像另一种生物，只是貌似人类的形状，还长着头发而已。

我喝红茶，妹妹喝无咖啡因的路易波士茶，两人一起吃我带来的蛋糕。

"真好吃。因为悠太郎在家，我难得有机会出门，这种好东西根本吃不着。"

"喜欢就好。"

"姐姐带东西给我吃，总让人想起小时候呢。"妹妹略带羞涩地笑了。

外甥睡着了，伸出食指摸摸他的脸颊，有一种像是在抚摩水泡似的奇妙柔软触感。

"看久了悠太郎，就觉得好像在养只小动物。"妹妹欢喜地说。

外甥的身子有点弱，一不注意就发烧，妹妹一刻都不能走远。虽然知道婴儿发烧是常有的事，没有大碍，每当发起高烧来，妹妹还是急得团团转。

"姐姐你怎么样？兼职做得还顺利吗？"

"嗯，工作起来劲头还不错。啊，对了，前几天，我去老家见了美穗她们。"

"哇，又去啦？真好啊。那你也多来瞧瞧小外甥嘛。"妹妹笑着说。

可在我看来，不论是由香里的孩子还是小外甥，都是一样的。我不明白为什么偏要专程来看这孩子。不过，恐怕这个外甥才是必须更重视一些的孩子吧。他们对我来说都跟野猫没什么两样，就算少许有些差异，也不过是名叫"婴儿"的同一种动物而已。

"啊，对了，麻美，有没有更好用一点的借口？最近我说自己身子骨弱的时候，大家也开始露出莫名其妙的表情了。"

"……嗯，我来想想吧。不过姐姐你本来就在康复治疗中嘛，说身子骨弱也不完全是借口或者说谎呀。堂堂正正说出来就行了。"

"可是，一旦被认作是怪人，那些觉得'你是不是有点奇怪'的人，就会来刨根问底纠缠不清。为了避开这些麻烦事，有个好用的借口就方便多了。"

众人面对奇怪的事物，都会无所顾忌地一脚踏入，都觉得自己有查清其中缘由的权利。而我只觉得困扰至极，既傲慢又惹人生厌。有几次，我觉得实在太烦人，甚至想过像小学时那样，用铲子把对方打到停下来为止。

我曾经口无遮拦地把这些话说给妹妹听，害得她差点哭了起来。想起这回事，我就沉默了一会儿。

让从小就待我亲切的妹妹伤心并非我的本意，我赶忙换了个欢快些的话题："啊，话说回来，我还遇到了好久不见的由香里，她说我整个人气质都变了呢。"

"嗯，姐姐你跟以前相比，可能确实有点变了。"

"是吗？啊，麻美你也变了。感觉比之前更像个大人了。"

"什么意思嘛，我早就是大人了呀。"

眼角多了几条皱纹的妹妹，说起话来比以前更沉稳了，穿着更偏黑白色系。或许是因为妹妹的身边有许多这类人吧，我心想。

　　婴儿开始哭了。妹妹慌忙地哄着孩子，想让他安静下来。

　　我看着桌上那把刚才用来切开蛋糕的小刀，不禁想：光是要让孩子静下来的话，明明很简单啊，她还真是费劲。妹妹拼命地抱紧婴儿，而我一边注视着他们，一边擦了擦沾着蛋糕奶油的嘴唇。

○

コンビニ人間

9

翌日早晨出勤时，店里已经被一种不同往常的紧张氛围所笼罩。

刚穿过自动门走进店堂，就看到一位男性常客，怯生生地望向杂志架那边。时常来买咖啡的女人加快步伐与我擦身而过，走出店去。面包货架前，两位男顾客正窃窃私语。

究竟发生什么了？我顺着顾客的眼光看去，只见众人的视线都集中在一个身穿破烂西装的中年男人身上。

他在店里走来走去，似乎在向每一个客人搭话。仔细一听说话的内容，就如同在对顾客发号施令。看到有鞋子比较脏的男人，他就尖声喊道："喂，我说的就是你，那边的人！不要弄脏地板啊。"看到有女顾客在挑选巧克力，也大叫道："啊！这怎么行呢！人家好不容易摆得整整齐齐，你把它们弄得乱糟糟的！"众人都担心下一个被缠上的是自己，只能不知所措地远远关注那男人的举动。

收银台特别拥挤。店长正在处理一套高尔夫球具的快递包，腾不出手来，而达特正拼命打着收银机。收银台前排起了长队，那男人便来到排列不整齐的顾客身边说道："给我好好沿着墙壁排整齐呀，听见没？！"尽管心里发怵，但是一大早赶时间，还是赶快结账最要紧，队伍中的上班族们尽量避开男人的眼光，都打算彻底无视他。

我连忙走进准备室，从柜中取出制服。我边换衣服边看监控视频，只见那男人又走到了杂志架那边，对正在翻阅的其他客人大声警告：

"只看不买是不行的。别翻了。听见没？！"

被警告的年轻人满脸不悦地瞪了一眼那男人，又向收银台前拼命打单的达特问道：

"我说……这家伙是什么人？你们的员工？"

"不，是客人。"在工作的间隙中，达特不知所措地回答。

"搞什么嘛，原来根本不关你的事啊。你是哪根葱啊？有什么权利来多管闲事？"说着，年轻人就向中年男人步步紧逼。

出现有可能起纠纷的情况时，必须迅速交给正式员工来处理。我按照规定，赶紧换好制服，奔向收银台。我对店长说了句"麻烦你了"，接过收银的工作。"呜哇，多亏有你，谢了！"店长小声说完，立刻跑到柜台外边，迅速介入到中年男人和年轻人之间。我小心翼翼地把快递交给顾客，同时斜着眼观察他们是否会在店里打起来。万一出现这种情况，就必须立刻拉响警铃。

似乎店长不一会儿就妥善处理了麻烦，中年男人骂骂咧咧地离开了店堂。

舒心的空气流淌了进来，店里又恢复了正常的早间气氛。

这儿是个强制性确保正常的地方。异类立即就会被排除。刚才弥漫在店内的紧张气氛被一扫而空，店里的客人如同无事发生一般，再次集中精神在购买面包与咖啡上。

"哎呀，太谢谢你了，多亏有你啊，古仓小姐。"排队的长龙散去后回到准备室，店长立刻向我道谢。

"没什么，没闹出什么大事真是太好了！"

"那个客人究竟是怎么回事啊？以前从来没见过他。"

泉小姐也已经来到准备室，她向店长问道："出什么事了吗？"

"刚才来了个有点奇怪的客人。在店里到处晃悠，来回警告其他客人。趁着没闹起来把他请出去了，真是谢天谢地！"

"咦？这是什么情况？是常客吗？"

"不是，从来没见过。所以我们也觉得莫名其妙。看上去也不是来找碴的。总之，他要是再来，就立刻联系我。跟其他顾客起冲突就糟糕了。"

"好，我明白了。"

"那我先下班了。今天也上夜班。"

"辛苦了。啊，对了对了，店长，你下次能不能提醒一下白羽先生？他老是翘班，我跟他说完全没用！"

泉小姐几乎已经是个正式员工了，也会和店长一起商量兼职的事。

"那家伙真的不行啊。面试的时候就有不好的预感了。还说'区区便利店兼职'这种话，简直就是瞧不起人。那你就别来呀！不过还是因为人手不够录取了他。那个小子，不好好教训一次是不会老实的。"

"这个人迟到的情况也很多啊。今天都9点了，还没来呢。"泉小姐眉头紧锁。

"他好像已经三十五岁了吧。这个年纪还来便利店打工，本来就没什么指望了吧？"

"人生完蛋啦。那样子没救了。根本就是社会的负担。一个正常人，要么工作，要么家庭，总得做好一件事。归属到社会才是人的义务啊。"

泉小姐用力点着头，又意识到什么，用手戳了戳店长，接着说："像古仓小姐这样，家里有特殊情况的，还情有可原，对吧？"

"啊——没错没错，古仓小姐这是情非得已。毕竟，男女也有差别嘛！"

店长急匆匆地说完，我还没来得及开口，话题就又回到了白羽先生那边。

"白羽哪儿能和古仓小姐比呀，他是真的没救了。那家伙有时候还在柜台后边玩手机呢。"

"没错，我也看见了！"

听到他们两人的对话，我吃惊地问："什么？上班时候玩？"

兼职期间不准携带手机，这是最基本的规定。他为什么能轻易地打破规矩？我无法理解。

"我自己不在店里的时候，也经常会简单瞧一眼监控视频嘛。白羽先生是新人，我只是想看看他工作得怎么样而已。表面上还算是不过不失，就是总有点想偷懒的样子！"

"我没注意到，真抱歉。"

"不不，古仓小姐你不用道歉的。你最近的招呼声特别卖力呢。光是从监控里看到都觉得：哦，真是够努力的。了不起啊，几乎每天都来上班也一点都不含糊！"

第八任店长就算不在场，也会细心地关注到我向"便利店"默默付出的样子。

"谢谢你！"

我气势十足地鞠了个躬，就在此时，门开了，白羽先生沉默不语地走了进来。

"……啊，早上好。"白羽先生用泄了气的低沉嗓音打了个招呼。

白羽先生骨瘦如柴，所以裤子也很容易滑下去吧，他的白衬衫里面隐约透出了吊带的形状。看他的手臂，仿佛就是一层皮肤包在骨头外面而已，他的内脏究竟是怎么塞进如此逼仄的身体里的？

"白羽先生，迟到了迟到了！五分钟前就该穿好制服了，还得开早会呢！还有，早晨的招呼声要加把劲！打开准备室的大门，就要以饱满的精神问好！还有啊，休息时间之外是禁止用手机的！你把手机带进柜台里了吧？我们都看见了！"

"啊……是，对不起……"白羽先生露出了显而易见的狼狈神情。

"呃，那是……昨天的事对吧？古仓小姐，你看到了吗？"

白羽先生似乎以为是我告状的，我摇摇头说了句"没有"，店长就接着说了：

"监控监控！我上夜班的时候也会盯着日班时候的情况！不过，手机这件事在规定里面也没具体写——总之是不行的！"

"啊，是这样啊。我都不知道，对不起……"

"嗯，从今天开始绝对不许这样了！啊，泉小姐，能先跟我出去一下吗？货架两头，差不多该腾出空位给夏季赠品用了。这次我想搭个气派一点的效果出来。"

"啊，好的。赠品的小样已经来了吧？我来帮你。"

"还有一件事最好今天之内搞定，就是必须要把货架的高度都调整一下。我打算在最下面放夏季的日用品，所以要多加一层。啊，古仓小姐，还有白羽先生，你们能自己开早会吗？我们先动起手来。"

"好！"

店长和泉小姐刚离开准备室，白羽先生就轻声咂嘴了。

我不经意地看了白羽先生一眼，他便大发牢骚地说："切，区区一个便利店店长，还高高在上的。"

只要你在便利店工作，就时常会因为这份工作而受到蔑视。因为相当有趣，我挺喜欢观察那些蔑视我的表情，会让我觉得——啊，这就是活生生的人。

我明明在努力工作，却隔三岔五都会遇到歧视这份职业的人。我忍不住盯着白羽先生的脸看起来。

蔑视对方的人，眼睛的情态最为有趣。他们的眼神里，有着对反驳的胆怯与警戒，有时候，还藏着一种"你敢反驳我便应战"的好战光芒。当他们无意识地蔑视我时，混杂着优越感的迷醉快感会形成一种液体，浸润眼球，有时甚至形成一片水膜。

我窥探了白羽先生的瞳仁，里面只有单纯的歧视情绪，情态再简单不过。

或许因为感觉到了我的视线，白羽先生开口了。他的牙齿黄到了根上，还有黑斑。大概已经很久没看过牙医了。

"耍起威风来很了不起似的，其实不过是这种小店的受雇店长而已，也是只丧家犬。在最底层还摆什么架子啊，人渣玩意……"

光从字面上来看很偏激，但他只是在嘀咕，我一点都没感到歇斯底里的情绪。在我看来，歧视者分为两种人，一种人是内心存在表达歧视观念的冲动与欲望，而另一种人则是把某处听来的话现学现卖，不经思考就吐出一连串歧视用语。白羽先生似乎是后者。

白羽先生偶尔会连珠炮般地念叨出一串不知所云的话。

"这家店里真的全都是最底层的人了，不过哪里的便利店都差不多啦。光靠丈夫的收入根本活不下去的家庭主妇、没什么未来规划的打工仔，还有找不到家教这种靠谱兼职的底层大学生，全都是这些人，剩下的就是来日本赚钱的外国人。净是些最底层的。"

"是呢。"

他简直就像我一样。嘴上说的都是人话，却跟没说一样。白羽先生似乎很喜欢"底层"这个词。短短几句话里，已经用了四次。我想起菅原小姐曾经这样说过："明明只是想偷懒，借口倒是一套又一套的，越来越让人恶心了。"于是我点点头随意地附和了一句。

"白羽先生，那你为什么要来这里工作呢？"一个朴素的疑问出现在脑海，我便问了出来。

"找对象。"白羽先生不以为意地回答。

"哎？"我惊叫了出来。

因为住得近所以很轻松之类的各种理由，我已经听过了不少，但还是第一次听说有人为这种理由来便利店上班的。

　　"不过看来是失败了。根本没有靠谱的人。年轻的全都是玩物丧志的类型，剩下的都超龄了。

　　"不过，便利店里确实是学生做兼职比较多，适龄的人本来就没几个啦。

　　"顾客里面倒是有几个还过得去，但大多是盛气凌人的女人。这边有不少大公司，在里面工作的女人总爱摆架子，全都不行。"

　　白羽先生究竟在对谁说话呢？他盯着墙壁上的"努力达成中元节销售目标"的海报，继续滔滔不绝。

　　"那群女人全都朝着自己公司里的男人抛媚眼，对我连瞧都不瞧一眼。从绳文时代开始，女人就是这副德行了。年轻可爱的村花，都会被健壮又能打猎的男人抢走。只有强大的遗传基因才能留下，剩下的人就只能互舔伤口。现代社会这种东西根本就是幻想，我们生活的世界，跟绳文时代也没多大区别。嘴上说着什么男女平等，其实……"

　　"白羽先生，差不多该换上制服了。再不开早会就要来不及了。"

开始抱怨顾客的白羽先生听到我的话，不情不愿地拎起背包，走向衣柜。他一边把物品塞进衣柜，一边又自言自语地念叨着什么。

看到白羽先生的样子，我的脑海中浮现出刚才被店长赶出去的中年男人。

"你会被……修复掉的。"

"什么？"白羽先生像是没听清楚，反问过来。

"没什么。换好衣服赶快开早会吧！"

便利店是一个强制性确保正常的地方，所以你这种人，很快就会被修复掉的。

我没把这句话说出口，只是继续盯着慢悠悠换着衣服的白羽先生。

○

コンビニ人間

10

　　星期一早晨来到店里，只见排班表上打了个大红叉，白羽先生的名字消失了。我还以为他突然请假了，可到上班时出现的却是本应休假的泉小姐。

　　"早上好！啊，店长，白羽先生怎么了？"

　　店长刚下夜班，他一走进准备室我就发问了。店长和泉小姐面面相觑，露出苦笑："啊……白羽先生他……"

　　"昨天找他稍微面谈了一下，决定不安排他来轮班了。"店长若无其事地说。

　　我不知为何产生了"果然如此"的想法。

　　"消极怠工、偷吃废弃食品，这些违规行为我都睁一只

眼闭一只眼了，可真没想到啊——记得有个常来的女顾客
吗？就是之前把阳伞忘在店里来领失物的女人，他竟然一
直都在骚扰那个女顾客。好像是把别人快件上写的电话号
码拍了下来，还去打探家庭住址呢。泉小姐发现之后，我
也立刻查了录像。面谈之后把他辞了。"

　　真是蠢货，我心想。有小小违规行为的店员很常见，
但过分到这种程度的闻所未闻。所幸没有闹到警察出动。

　　"我从一开始就觉得他很古怪了。他对夜班的女孩也下
手了，随便乱翻店里的联络簿，给她打电话，还等在准备
室里，要陪她一起回家。连已婚的泉小姐也敢骚扰。有这
闲工夫就多干点活儿啊！古仓小姐你也受不了他吧？"店长
说着说着，泉小姐又蹙起眉头来。

　　"真的恶心死了。那个人完全是变态啊。店员不行就骚
扰顾客，真是差劲。把他逮捕起来算了。"

　　"哎呀，还不至于到那种程度吧。"店长说。

　　"这是犯罪啊。他就是罪犯。那种人赶紧抓起来才最
好呢。"

在我不停抱怨的同时，一股让人放松的气氛飘进了店内。白羽先生不在之后，这里又变回了他来之前的平静小店。没了这个累赘，众人都开朗健谈起来。

"说句实话，他真的让人浑身难受，哪怕人手不够也不想要他！"出勤时听说这件事的菅原小姐笑了。

"他真的是讨厌到极点了。借口一大堆，让他别偷懒了，他就突然搬出绳文时代之类的话题来。脑子有问题吧。"

听到菅原小姐的话，泉小姐扑哧笑了出来。

"没错没错，那真的恶心透了。什么意思嘛，莫名其妙。下次别招那种人啦，店长。"

"哎呀，都是因为人手不够嘛！"

"那个年纪到便利店打工都会被开除，也算是没救了。不如直接去死呢！"

大家爆发出笑声，我也点着头说："是啊！"我变成异类的时候，也会像这样被排除出去吧，我心想。

"又得继续招新人了。贴个告示吧。"

就这样，便利店的"细胞"又更换掉一个。

比往常更有活力的早会结束了，我刚要走向收银台时，发现挂着拐杖的常客妇人正伸手要取下层的商品，她弯着腰的样子看上去几乎要跌倒了。

"客人，我来帮您取。是这一件吧？"我迅速取出草莓果酱，向她问道。

"谢谢。"妇人微笑道。

我帮妇人把购物篮提到收银台，今天的她也依旧边掏钱包边小声说：

"这儿真是一点都没变呀。"

其实今天这儿有一个人消失了呢。我并没有告诉她，只是回答了"谢谢"，便开始扫描商品。

面前这个客人的模样，让我联想起十八年前，我第一次收银时遇到的老妇人。那个老妇人也曾每日挂着拐杖来光顾小店，可不知从何时开始就不来了。不知是身体变差了呢，还是搬走了，我们都无从得知。

然而我却切实地重复体验着与那天相同的光景。从那天开始，我迎接过六千六百零七个相同的早晨。

　　我将鸡蛋轻巧地装进塑料袋中。与昨天卖的蛋完全相同，却又不同。"顾客"在与昨天完全相同的塑料袋中装进相同的筷子，接过相同的零钱，在相同的早晨露出微笑。

11

　　收到了美穗要搞烤肉派对的消息，说好了周日早晨就去美穗家集合。刚答应上午要帮着一起买点东西，手机就响了。一看，是老家打来的电话。

　　"惠子，你是不是说明天要去美穗家聚会来着？去美穗家时，顺道回家里露个脸吧？爸爸也老惦记你呢。"

　　"嗯……不太方便吧。后面一天还要做兼职呢，我得早点回去调整好身体。"

　　"这样啊。真可惜……正月里你也回不了家。近期内再回家一趟吧。"

　　"嗯。"

今年的正月因为人手不足，从元旦开始都出勤了。便利店是三百六十五天营业的，到了年末年初的时候，当家庭主妇的搭档总是来不了，外国的留学生也会回国，人手总是不够。尽管也想回老家露个脸，但看到店里有麻烦，就会忍不住选择继续工作。

"那你精神好吗？惠子你每天都是站着工作吗？身体也很辛苦吧？最近怎么样？有没有什么改变？"

从这试探性的话语中，我感觉到母亲正在期待着某种变化。面对十八年来都无甚变化的我，母亲可能已经有些疲乏了。

我告诉她没什么变化，她便回答说："是吗。"声音中带着放心，又带着一点失望。

挂掉电话，我不经意间望了望镜中的自己。相比刚"转生"成为便利店店员之时，我老了一些。我并不为此感到不安，但相比过去更容易感到疲劳也属于事实。

假如我真的老到不能在便利店工作了会怎样呢？我也曾思考过。第六任店长因为腰疼而不能工作，从公司辞职了。哪怕为了避免这种情况，我也必须为便利店而确保身体健康。

翌日，我按照约定，从上午就帮着购物，一起搬到美穗家做好准备。到了中午，美穗的丈夫、皋月的丈夫，还有住得更远一些的朋友都来了，熟悉的面孔齐聚一堂。

在十四五人的聚会成员中，还没结婚的只有我和另外两人。也并非所有朋友都是夫妻同来，所以我并没什么想法。可还没结婚的美纪却对我悄悄耳语："只有我们有点没面子呢。"

"大家都是好久不见啊！上次是什么时候来着？好像是赏花之后就没见过了？"

"我好像也是！那次之后我还是第一次回老家。"

"我说，大家现在都做些什么呢？"

有好几个朋友都是许久没回故乡了，于是一个个讲述起自己的近况来：

"我现在住在横滨呢。离公司近一点。"

"啊，你换工作了？"

"对啊对啊！现在是做服装的公司！靠之前的职场人脉牵了线。"

"我结婚之后就一直在埼玉住了。工作和以前一样！"

"大家一看就明白了吧，生了宝宝，在休产假呢！"

由香里说完，就轮到我了。

"我在便利店做兼职。身体有点……"

我正想按照往常那样将妹妹教给我的借口继续说下去，绘里却立即探出了身子。

"啊……兼职？你结婚了吧！什么时候结的？"绘里理所当然地说。

"还没有呢。"我回答。

"那你……怎么会去做兼职的？"麻美子的语气略带困惑。

"嗯。其实，我的身体有点……"

"对对，惠子的身子骨有点弱。所以只能做些兼职了。"美穗袒护我似的说道。

能替我说出借口，实在很感谢美穗。

然而此时，由香里的丈夫却惊讶地问道："咦？便利店不是整天站着吗？身体吃得消吗？"

他明明是与我初次见面，我这个人的存在，值得他这样探出身子、眉头紧皱地质疑吗？

"其实，我没什么其他工作的经验，不管体力上还是精神上，还是便利店轻松点。"

听到我的解释，由香里的丈夫露出见到妖怪似的表情注视着我：

"咦？那你就一直……不，就算找工作困难，至少也该结个婚呀。现在不是……还有好多征婚网站之类的吗？"

由香里的丈夫每用力吐出一个词，唾液就飞溅到烤肉上去，而我观察着这一幕。面对食物还探出身子说话，是不是该适可而止一点？我正在思考时，美穗的丈夫用力点头：

"嗯嗯，不管是谁，要不要先找个对象试试？女的就是这点好。假如是男的就惨喽。"

"谁给她介绍一个呀？洋司先生，你路子不是很广吗？"

听到皋月的话，志保她们七嘴八舌起来："对啊对啊！""有没有刚好合适的人？"

美穗的丈夫向美穗耳语了几句后，苦笑着说："啊……可惜我的朋友净是些已婚人士啊。介绍不来呀。"

"啊，那不如注册个征婚网站？对，现在就拍张征婚照片好了。征婚照嘛，比起自拍来，还是今天这种烤肉派对的照片好。好多人聚在一起，听说可以提升好感度，肯定会有人主动联系的！"

"是呀！不错不错，拍一张吧！"美穗说。

由香里的丈夫忍着笑，说了句："没错没错，好机会呀！"

"好机会……拍了会有什么好事吗？"

听到我淳朴的提问，美穗的丈夫露出了费解的神情：

"这不是越早越好吗？这样下去是不行的，说实话，你自己也在着急吧？年纪要是再大一点呀，整个人就耽误了啊。"

"这样下去……你是说，维持现状是不行的吗？那究竟是为什么呢？"

我纯粹只是提个问题而已，却听见美穗的丈夫小声说了句"不妙"。

"我也是挺着急的。去外国出差太多了啦。"同样处于单身立场的美纪轻快地说明了自己所处的环境。"不过美纪你工作起来真够厉害的。赚得比男人都多啦，到了你这种水平，都没几个配得上你呀！"由香里的丈夫接过话茬。

"啊，肉烤好了，肉！"

美穗调解气氛地一喊，让众人恍然大悟似的，开始把肉装进盘子。肉上还沾着由香里丈夫喷出的唾液，大家纷纷大快朵颐。

回过神来，我发现一切就像小学时一样，众人都略带疏远地背朝着我，即便如此，眼神深处还是夹杂着好奇心，像在观察一只可怕的怪物，朝这边投来视线。

啊，我变成异类了。我隐约地察觉到了。

脑海中浮现出了被店里开除的白羽先生。下一个就要轮到我了吗？

　　正常的世界是非常强硬的，它会静静地排除掉异类。不够正经的人都会被处理掉。

　　原来如此，怪不得我必须接受治疗。假如不治好，就会被正常人排除掉。

　　家人为什么那么急着治好我，如今总算有点理解了。

○　コンビニ人間

12

不知为何，我很想听听便利店的声音，从美穗家回来之后，傍晚又去店里露了个脸。

"啊，有什么事吗，古仓小姐？"

上夜班的高中女生正在打扫卫生，她一注意到我就露出了笑容。

"古仓小姐，您今天不是休息吗？"

"嗯，是呀，去老家见了些人，我过来下几个订单……"

"哇，真厉害，好有热情。"

提早出勤的店长已经在准备室里了。

"店长，你待会儿上夜班吗？"

"哦，古仓小姐，有什么事？"

"我刚好办完了事走过这附近，就想着来输几个订单数字……"

"啊，点心类的预订？我刚才已经输了一点，你直接改吧。"

"多谢你。"

店长似乎睡眠不足，脸色很差。

我操作着店里的电脑，开始下订单。

"夜班情况怎么样？能招到人吗？"

"哎呀，不行啊。有一个人来面试了，没通过。毕竟发生过白羽那件事，必须雇个能用长久一点的。"

店长经常会说"能用"这个词，让我忍不住思考自己究竟能不能用。或许我是想成为一个好用的工具才加入工作的。

"是个怎样的人？"

"哎呀，人本身还挺好的。就是年龄不行。是个已经退休的人，说自己腰不好所以刚从上一家店辞职。还说在我们店里万一腰疼了也希望能休息呢。提前说好倒也算了，假如老是突然请假，还不如我来上夜班呢。"

"是这样啊。"

万一弄坏了身体，在肉体劳动中就"不能用"了。就算再认真、再努力，年老体弱之后，我在这家便利店中恐怕也会成为不能用的零件。

"啊，古仓小姐，下个周日你能来顶下午的班吗？菅原小姐要去演唱会，来不了。"

"好的，我来顶班。"

"真的？哎呀，真是大救星。"

我暂时仍旧是"能用"的工具。我胸中怀着释然与不安两种情绪，用菅原小姐的语气微笑着说："哪里，我也想多挣一点，还求之不得呢！"

13

发现店外出现白羽先生的身影，完全是一次偶然。

夜晚，在无人的商务街区一角，出现了一个圆圆的影子，我想起小时候玩的残影游戏①，不由得擦了擦眼睛。走近一看，才发现是白羽先生正蜷曲着身体，鬼鬼祟祟地躲在大楼阴影处。

白羽先生似乎正在等那个曾经调查过住址的女顾客走出来。我想起了店长之前说过的话——她在下班之后总会绕到店里来买些水果干，所以白羽先生才会在准备室磨蹭

---

① 残影游戏（影送り）是一种儿童游戏，凝视阴影后仰望天空，可以看到瞳孔中留下的残影。

到那时候。

"白羽先生，这回我真的要报警了。"我趁白羽先生没注意，绕到他背后，开口说道。

白羽先生浑身震颤着回过头来，动作夸张得连我都吓了一跳。一发现是我，脸就一黑。

"什么嘛……原来是古仓小姐啊。"

"你在这儿埋伏吗？骚扰顾客的行为是店员禁忌中的禁忌啊。"

"我早就不是便利店店员了。"

"我作为店员是不能坐视不管的。店长也已经对你三令五申了吧？他现在就在店里呢，我这就去把他叫来哦？"

白羽先生大概是觉得对我就能强硬起来，便挺直了腰杆，高高在上地看着我。

"那种底层社畜 ① 有什么能耐？我不觉得我有什么错。看到自己中意的女人一见钟情，一定要抢到手里。这不就

————————

① 社畜，是日本的流行语，字面意思是公司（会社）的牲畜，指代社会上如同公司奴隶一般的职员。

是从古至今的男女传统吗？"

"白羽先生，你之前不是说只有够强的男人才能得到女人吗？前后矛盾了。"

"的确，我现在暂时没工作，但我有远景。只要去创业，立刻就有女人绕着我团团转了。"

"那你不应该先去创业成功，等身边有了一群女人再从里面挑吗？"

白羽先生尴尬地低下头："总而言之，只是所有人都没注意到我而已，现在跟绳文时代也没多少区别。终究都是一群低级动物。"话里的内容完全偏离了论点。

"要我来说的话，这是个功能不完整的世界。都是因为世界不够完整，我才受到了不公平的对待。"

他或许说得没错，具备完善功能的世界究竟是怎样的，我无法想象。"世界"到底是什么东西呢？我越来越无法理解了。甚至觉得一切都是虚构的。

白羽先生看着沉默的我，突然捂住了脸庞。我还以为他要打喷嚏，等了一小会儿，我注意到他手指缝中有水滴滑落，这才意识到他是哭起来了。这种场面被顾客看见可不得了，我说了句"总之先找个地方坐会儿吧"，接着抓起白羽先生的手，去往附近的家庭餐厅。

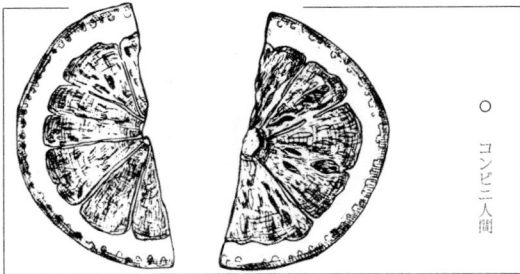

○　コンビ二人組

14

"这个世界是不认可异类的，我一直都因为这个痛苦极了。"白羽先生一边喝着吧台茶包泡的茉莉花茶，一边说道。

这杯茉莉花茶是我代一动不动的白羽先生泡的。他一言不发地坐着，有茶摆到面前来，也不道声谢就开始喝了。

"不跟其他人步调一致就过不下去。'三十好几的人还出来做兼职'算什么意思？为什么一次恋爱都谈不到？竟然还有人满不在乎地问我有没有性经验。'啊，找小姐的次数不要算进去哦。'那群家伙这种话都能笑嘻嘻地说出口！我明明没给任何人添麻烦，只不过因为我是少数派，所有人就能轻易地强奸我的人生。"

无论如何，白羽先生已经几乎是半个性犯罪者了，他丝毫没考虑过自己骚扰过的兼职女孩和女顾客，他竟然能把自己的痛苦随便比喻成"强奸"。受害者意识这么强，却丝毫没想过自己是个加害者。原来还有这种思路啊，我边想边打量他。

我甚至开始想，可怜自己会不会是白羽先生的兴趣呢？

"是吗。那可真辛苦。"我随意地附和道。

我也能感受到类似的左右为难，但我自己并没什么必须要坚守的东西，所以我搞不懂白羽先生为什么有那么大火气。不过想必这种日子也够难熬的。我这么想着，喝了一口白开水。

我觉得没什么必要喝有味道的液体，所以没放茶包，直接喝热水。

"所以我要结婚，过上让那群家伙没话可说的人生。"白羽先生说，"对方最好要有钱。我有网络创业的好点子。被人模仿就麻烦了，详细的我不能说给你听。假如是愿意给我投资的对象就再好不过了。我的点子肯定能成功的，到那时候谁都别想对我说三道四。"

"咦？你明明讨厌别人干涉自己的人生，还偏要选择这种在乎他人看法的生活方式吗？"

说到底，那还不是在全面地接受世界吗？我觉得很不可思议。

"我已经累了。"

既然白羽先生这么说，我只能点头。

"你说累了，很不合情理呢。既然结婚后就不会被人指指点点，赶快行动才是最合理的。"

"你说得倒是简单。男人跟女人不同，光结个婚还是会有人来找麻烦的。不接触社会就叫你去找工作，找到了工作叫你多赚点钱，赚到了钱就叫你结婚生子……永远都要受世界的制裁。别把我跟无忧无虑的女人相提并论。"白羽先生满嘴不悦地说道。

"欸？那不是根本解决不了问题嘛。不是没意义吗？"我问。白羽先生并没有回答，忘我地喋喋不休。

"我想查清楚世界是从什么时候开始错得这么离谱的，就读了些历史书。明治、江户、平安，不管往前数多少代，世界依然是错的。一直退到绳文时代都一样！"

白羽先生摇晃起桌子，茉莉花茶从杯中洒了出来。

"我已经都看透了。这个世界跟绳文时代完全没差别。对村里没用的人会被排除掉。就是那群不去狩猎的男人，和不生孩子的女人。'现代社会、个人主义'什么的，说得好听。可实际上，不去融入村子的人就会被干涉、被强迫，最终从村子里流放出去。"

"白羽先生，你很喜欢绳文时代的话题呢。"

"我不喜欢。讨厌极了！可是，这个世道就是披着现代社会这张皮的绳文时代啊。能逮住大猎物的健壮男人身边女人成群，村花都嫁给他。不参加狩猎，或者参加了也气力不足的没用男人受到蔑视。这景象根本就没变过。"

"哦。"

我只能不知所云地迎合。但我也并不能完全否定白羽先生所说的话。世界或许跟便利店一样，只有我们被不断替换掉，从来都是一幅相同的光景在持续。

常来的妇人说的那句"一点都没变"，在我脑中回响。

"古仓小姐，你为什么可以这么平心静气？你就不觉得自己很可耻吗？"

"咦？为什么？"

"永远兼职下去，都人老珠黄了，也没处可嫁了吧？像你这种人，在处女里都算二手货了。脏兮兮的。要是在绳文时代，就好比是生不出小孩的老女人，也不结婚，整天在村子里瞎转悠，只不过是村子里的累赘。我是男人好歹还能东山再起，古仓小姐你这种货色，已经无可救药了。"

刚才还说自己被人指指点点会生气，现在却反过来用折磨过自己的那套价值观来对我评头论足。我越发觉得白羽先生语无伦次。觉得自己的人生被强奸的人，用同样的方式去攻击他人的人生，或许能让他心情舒畅一点吧。

白羽先生仿佛刚意识到自己喝的是茉莉花茶，不满地说道："我想喝的是咖啡。"我站起来，去吧台泡了杯咖啡，摆在白羽先生面前。

"难喝。这种地方的咖啡果然不行。"

"白羽先生,假如你的目的就是结婚,那跟我一起领张结婚证怎么样?"我把第二杯白开水放在自己的位置上,边往椅子上坐去,边开口提议。

"啊?"白羽先生大声惊呼。

"你那么讨厌别人干涉你,那么不想被村里人赶出去,干脆一点不就行了吗?狩猎……也就是工作方面的事情,我确实不明白。不过结婚之后,至少恋爱经验和性经验方面就不会有被干涉的风险了呀。"

"你突然说什么呢?简直荒唐。不好意思,面对你这种人,我才勃起不了呢。"

"勃起?请问,那和婚姻有什么关系?婚姻只是书面上的事情,但勃起是生理现象。"

我看白羽先生缄口不言,就接着仔细说明:

"你说得没错,世界也许还是绳文时代呢。村子里不需要的人会被迫害,被敬而远之。所以说,跟便利店是同一种原理呢。便利店不需要的人，会从排班表上逐渐消去，最终解雇。"

"便利店？"

"想在便利店一直待下去，就只有成为'店员'这一种方法。那是很简单的事，只要穿上制服，按照员工手册做就行。假如说世界仍旧是绳文时代，那么也要遵守这规矩。只要披上这张普通人的皮，照着员工手册行事，就不会被赶出村子，也不会被当作累赘。"

"我不明白你在说什么。"

"我的意思是，所有人都在扮演心目中的'普通人'这种虚构的生物。跟便利店里的所有人都在扮演'店员'这种虚构生物是相同的道理。"

"就是因为很痛苦，我才这么烦恼啊。"

"不过白羽先生，你刚刚不还想去迎合这个世界吗？轮到你行动的时候就觉得难起来了吗？这么说吧，那些正面对世界宣战，为了赢得自由而奉献一生的人，我觉得他们至少对这份痛苦是诚实的。"

白羽先生似乎无话可说，只是盯着咖啡看。

"所以，你觉得困难就不要勉强自己。我跟你不一样，在很多事情上都无所谓。我没什么自我的意志，村子里有什么方针，我都会坦然接受，仅此而已。"

我会把众人觉得不可思议的部分，从自己的人生中删除掉。这或许就是所谓的治疗。

最近两周里，我被人问过十四次"为什么不结婚"，"为什么做兼职"有十二次。我打算从被问次数更多的项目开始删除。

我内心的某一处正渴求着变化。不论那是坏的变化还是好的变化，总比现在这种胶着状态要好。白羽先生依旧不回答我，只是死死地盯着面前的咖啡，神情严肃，仿佛要在漆黑的水面上瞪出一个洞来。

15

　结果，我说了"再见"想要走人的时候，白羽先生却含混不清地说："等等，让我考虑一下……"他絮絮叨叨地挽留了我，又浪费了些时间。

　听白羽先生有一搭没一搭地说话，才知道他住在合租房，房租交不出，差不多要被人赶出去了。过去发生这种情况时，他会回北海道的老家待一阵子。可五年前弟弟结婚了，老家的屋子现在已经翻修过，两代人同住，弟媳和侄子都住在里面，他回家也没有容身之处。白羽先生的弟媳对他没有好脸色，以往还能死皮赖脸地借点钱，如今也没法随便要到了。

"从那个小媳妇开口时起，一切就都不对劲了。那女人明明只是寄生在我弟弟身上，竟敢旁若无人地在我家里走来走去，去死吧！"

白羽先生那夹杂着一肚子怨气的人生故事实在太长了，我从中间开始就几乎没听，一直盯着手表看。

差不多要到晚上 11 点了。我明天还要做兼职。第二任店长告诉过我，管理好身体状态，把健康的身体带到店里，也属于薪水的一部分。可惜这回要睡眠不足了。

"白羽先生，要不然来我家吧？你肯出伙食费，就让你住。"

白羽先生看来已经走投无路了，把他丢在这儿，他一定会赖在饮料吧一直到天亮的。我已经觉得很心烦了，不管他说着"啊、可是、但是"这些话，强行把他带回了家。

进了房间靠近一些才注意到，白羽先生身上有一股流浪汉似的臭味。二话不说先让他去洗澡，把浴巾塞给他之后，不由分说地关上了浴室的门。听到里面传来淋浴的声音，我才松了口气。

白羽先生淋浴的时间很长，我等着等着都发困了。我忽然意识到什么，给妹妹打了个电话。

"喂？"

是妹妹的声音。时间勉强还没到零点，妹妹似乎还醒着。

"这么晚真抱歉。没吵到悠太郎吧？"

"嗯，没事，悠太郎睡得很熟，我刚好放松一会儿。有什么事吗？"

他应该和妹妹睡在同一个屋子里吧？我的脑中浮现出外甥的模样。妹妹的人生一直在进步。毕竟，她的身旁已经多了个前阵子都不存在的生物。妹妹也像母亲一样，渴望我的人生出现一些变化吗？我用做试验般的态度向妹妹交代：

"也不是什么必须要半夜打电话才能说的事啦……你听我说，其实我家里现在有个男人。"

"咦？！"

妹妹的嗓音转了一百八十度，听着仿佛在嗳气。我赶忙问她"没事吧"，可我的声音完全被妹妹惊慌的叫声盖过了。

"咦？真的吗？！欸，什么时候开始的？！怎么不知不觉就……？姐姐，人怎么样？！"

在妹妹的句句紧逼之下，我只好回答："最近吧。上班认识的人。"

"是吗，姐姐，恭喜你呀！"

还没了解详情，妹妹就突然开始祝福我了，让我有些困惑。

"这事值得恭喜吗？"

"虽然我不清楚是怎样的人，不过姐姐你以前从来没提过这种话题……当然高兴了！给你加油！"

"是吗？"

"那么你把这件事报告给我听，莫非是在考虑结婚了？！啊，抱歉，我太心急了吧？！"

妹妹变得前所未有地健谈。听她这亢奋的语气，让我

觉得"披着现代社会这张画皮的现今依然是绳文时代"也
未必净是空谈。

原来如此，原来早就存在一份规范手册了。它深深地
扎根在所有人的脑中，只是没必要书面写出来而已。"普通
人"这种定型，从绳文时代起就未曾变过，一直存在着呀。
我总算恍然大悟。

"姐姐，真是太好了。你辛苦了这么多年，总算找到能
彻底理解你的人了！"

妹妹好像已经擅自编出一个故事，感动起来了。她的
口气几乎是在说我已经"治好了"，有这么简单的解决之
道，为什么不早点指示我，那样我就不必绕那么多弯路了。

挂掉电话，只见走出浴室的白羽先生无所适从地傻
站着。

"啊，没有换洗的衣服是吧？这是店铺刚开业时的制
服，换成现在这样式的时候带回来的。男女通用，我觉得
你应该穿得上。"

　　白羽先生稍稍犹豫了一下，接过绿色的制服，贴身穿上。他手脚瘦长，显得有些局促，但总算能拉上拉链。看他下半身只卷了一条浴巾，就把居家用的大裤衩给他穿了。

　　白羽先生不知几天没洗过澡了，脱下来的内裤和西服散发出异臭。我把它们一股脑塞进洗衣机，又说了句"随便坐吧"，他这才畏畏缩缩地在屋里坐下。

　　这是一个很小的日式房间。因为年代很早，浴室跟厕所是分开的。房间换气不太好，白羽先生洗完澡后，从浴室门中飘出的湿气与雾水已经充斥室内。

　　"房间有点热啊。要开个窗吗？"

　　"啊，不用了……"白羽先生心神不宁地站起到一半，又重新坐了下去。

　　"厕所在那边。房间不太通风，大便请把扳手拉到底。"

　　"那个……暂时不上厕所。"

　　"你反正也没处去了，对吧？毕竟合租的屋子也差点要把你赶出来了。"

"是……"

"我是这么想的，白羽先生你住在我家也许是件皆大欢喜的事。我刚才试着给妹妹打了个电话，她已经擅自联想出情况来了，还特别高兴。只要男女共处一个房间，不论事实如何，其他人都会展开想象，进而认同我们。"

"妹妹……"白羽先生一头雾水的样子。

"啊，要喝罐装咖啡吗？还有果醋汁呢。不过我只是买了些凹罐存着，还没冰过。"

"凹罐？"

"啊……这个还没跟你提过吧。那些易拉罐瘪了卖不出去的商品，我们都这么叫。剩下就只有牛奶和水壶里的白开水了。"

"是吗，那给我来罐咖啡吧。"

家里只有一张折叠式的小桌子。房间很狭小，我把铺开的被褥卷起来，塞在冰箱前面。妹妹和母亲偶尔也会来住一夜，所以壁橱里还有一套被褥。

"被褥还有一套，你要是没处可去，姑且还能住下来。

就是地方有点小。"

"住下来……"坐立不安的白羽先生小声说，"可是我……还挺有洁癖的……要是不收拾干净，实在有点……"

"有洁癖的话，打地铺可能有点难受吧。有一阵子没用过了，也没晒过。这个屋子很旧了，也经常能见到蟑螂的。"

"不，其实吧，我合租的房间也没有多干净，这些都无所谓。可是，怎么说呢……你把情况弄得好像是既成事实一样，我作为一个男的，当然必须戒备一点……怎么就突然给妹妹打电话了呢？古仓小姐，有必要这么拼命吗？"

"有什么不行的吗？我只是想看看她的反应，打了个电话而已。"

"不，这么做确实很可怕的。在网上倒是经常能看到这种故事，没想到还真有你这种人。你这么主动，反而让人觉得退缩……"

"唉……我还以为你无家可归很烦恼呢，要是觉得给你添麻烦了——反正洗衣机还没开始转，衣服你拿走，直接回去也行啊。"

白羽先生嘴里含混地嘀咕着"哎呀，其实……""你这么说我反倒……"之类莫名其妙的话语，正题丝毫没有进展。

"那个，抱歉，已经很晚了，我能睡觉吗？想回去就请便，想睡觉就自己铺被子随便睡吧。明天我也要一早去便利店。确保以健康状态去店里出勤的自我管理也包含在时薪里面。这是十六年前，第二任店长告诉我的。睡眠不足就不能去上班了。"

"啊，便利店……哈啊……"白羽先生嘴里冒出愚钝的怪声。可他大概也明白，再胡搅蛮缠下去就要天亮了，于是自己取出被褥铺上。

"我很累了，明天早晨要洗澡，所以一大早可能会比较吵。晚安。"

刷完牙定上闹钟，我就钻进被窝闭上了眼睛。时不时会听见白羽先生发出窸窸窣窣的声响，可脑海中的便利店声音变得越来越响，不知不觉我就被吸进了酣睡的黑洞中。

○　コンビニ人間

第二天睁开眼睛，只见白羽先生的下半身已经伸进了壁橱中，依旧在熟睡，我去洗澡也没吵醒他。

"要出门的话请把钥匙放进邮箱里。"

我写下留言，如同往常一样，8点到达便利店上班。

听白羽先生的口气，留在我家似乎并非本意，我猜他估计已经不在了。可回到家就发现他依然在房间。

他没在做任何事，只是手肘撑在折叠桌上，喝着凹罐的白葡萄果醋汁。

"你还在啊。"

我一开口，他就惊得浑身一颤。

"是啊……"

"今天一整天里，妹妹发了好多信息给我。还是第一次见她为了我的事这么亢奋。"

"那是当然的了。维持着处女之身变成二手货的女人，一把年纪还在便利店做兼职，倒不如跟男人同居来得靠谱呢。你妹妹肯定是这种想法啰。"

白羽先生昨天的窘迫模样已经不知所终，变回了平日里的状态。

"是吗……我这样果然不正常吗？"

"你听着，对村子没用的人，是没有隐私的，所有人都可以随随便便来践踏。你要么结婚生子，要么出去打猎赚钱，不选一条路去为村子做贡献的人，就是异端。所以村子里的人想怎么干涉就怎么干涉。"

"是这样啊。"

"古仓小姐你最好也有点自知之明。你这种人，说白了就是底层中的底层，你的子宫恐怕都老化了，用来处理性欲还嫌没姿色呢。可你挣得又不比男人多，区区一个连正式员工都不算的兼职员工。说白了，在村子里只能算是累赘，是人中的渣滓。"

"原来如此。可是，我没能力在便利店外的地方工作。也曾尝试过几次，但还是只能戴着便利店店员的面具过下去。所以你不应该揪着这一点指责我。"

"所以我才说现代是个功能不完善的世界啊。生活方式多样性之类的话，说得倒是漂亮，其实跟绳文时代一点区别都没有。少子化越来越严重，一步步倒退回绳文时代。已经不只是生活困难的程度了。对村子没用的货色，连活着都会受人声讨。世界已经变成这副模样了啊。"

白羽先生刚才还逮着我挖苦个不停，现在又迁怒到世界身上去了。我搞不懂他究竟在对什么发火。在我看来，他是抓到什么、看到什么，就用言语去攻击什么。

"古仓小姐，你的提议，听起来异想天开，其实还不错啊。让我帮你也行。我待在你家，你顶多算是跟个穷鬼同居，别人或许会看不起你，但你至少能得到认同。现在的你简直不知所谓。既不结婚也不就业，对社会来讲毫无价值。你这种人，会被村子排除出去的。"

"哦……"

"我正在找对象，你比起我的理想型真是差远了。做兼职赚不了多少钱，没法支持我创业，就算不谈钱，你这种货色也没法用来排解性欲啊。"白羽先生像在痛饮烈酒似的，把凹罐里的果醋汁一饮而尽，"不过嘛，我和你算是利害一致。我就这么住在这儿也行。"

"哦。"

我从装着凹罐的纸袋里取出巧克力蜜瓜果醋汁，递给白羽先生。

"请问，这样做的话，对白羽先生你有什么好处呢？"

白羽先生沉默了一小会儿，小声说："请你把我藏起来。"

"啊？"

"我希望你把我藏起来，让我从这个世界消失。你随便利用我，扩散多少谣言出去都无所谓。我只想让自己永远藏在这里。我已经受够陌生人对我的干涉了。"

白羽先生俯身啜了一口巧克力蜜瓜果醋汁。

"走到外面，我的人生又会被强奸。既然是男人就去工作啊，既然结婚了就去多赚点钱，生孩子啊！这根本就是村里的奴隶。整个世界都在命令我工作一辈子。连我的精巢都是属于村里的。仅仅因为没有性经验，就被认作在浪费精子。"

"那可真是，很痛苦呢。"

"就连你的子宫，也是属于村子的。没用的家伙就没人理睬，仅此而已。我这一辈子什么都不想做。我只想一辈子，到死为止，不受任何人干涉地呼吸下去。就这么一点愿望了。"

白羽先生像在祈祷一般，将双手交叉。

我开始思考白羽先生这个人对自己究竟是否有益。母亲和妹妹，甚至连我自己，都开始对我这总也治不好的病感到厌倦了。能有点变化的话，不论好坏，总比现在要强。

"虽然我可能不会像你这么痛苦，但维持现状下去，的确越来越难在便利店工作下去。新来的店长总是会问我为什么只做过兼职，没个好借口只会被当作可疑人物。我刚好在找个更合适的借口。不知道白羽先生你是不是也这么想？"

"只要我住在这儿，外头的人都会认可的。这交易对你来说只有好处啊。"白羽先生一副踌躇满志的样子。

这明明是我提议的，却是对方说得斩钉截铁，反倒有点蹊跷。可我又想起妹妹那前所未有的反应和美穗她们听到我说没恋爱时的表情，就觉得当真试一试或许也并不坏。

"说是交易，其实并不需要报酬。你让我留在这儿，给我顿饭吃就够了。"

"好吧……不过，白羽先生，你没有收入，自然也不能找我来报销了。我也很穷，不可能给你现金，只能给你点饲料，你肯吃就行。"

"饲料？"

"啊，抱歉。家里还是第一次有其他动物，有点像只宠物。"

白羽先生看上去不喜欢我的措辞，但还是满足地说道："算了，就这么办吧！话说回来，我从早晨到现在还什么都没吃呢。"

"啊，没问题。冷冻箱里有饭，冷藏箱里有煮过的食材，你随便吃吧。"

我取出餐盘摆在桌上。有添过酱油的清煮蔬菜和白米饭。

白羽先生皱起眉头。

"这些是什么？"

"萝卜、豆芽、土豆，还有米饭。"

"你平时就吃这种东西吗？"

"这种东西？"

"这哪里算是菜啊？"

"我是用火煮过食材才吃的。一般不需要什么味道，想要盐分的时候，就淋点酱油。"

　　我仔细地解释了，可白羽先生似乎无法理解。他不情愿地把菜送进嘴里，不屑一顾地说了句："还真是饲料！"

　　所以我刚才就说是饲料呀。我一边这么想，一边用叉子叉起萝卜，送进嘴中。

○

コンビニ人間

　　我几乎明知白羽先生是个骗子，还让他在家里住下来了。自从白羽先生开始待在我家，事态的发展意外地完全如他所料。

　　只要白羽先生在家里，凡事都很顺利。没过多久我就亲身感受到了。

　　在妹妹之后第二次提及白羽先生，是在美穗家的聚会上。大家聚在一起吃蛋糕时，我不露声色地提到白羽先生在我家里。

　　所有人都喜出望外，夸张到让我怀疑她们是疯了。

　　"欸？什么，什么时候开始的？！什么时候开始的？！"

"这人怎么样？！"

"太好啦！我还一直担心惠子你今后该怎么办呢……真的太好啦！！"

即便觉得众人的兴奋很毛骨悚然，我还是说了句"谢谢"。

"对啦，工作呢？他是做什么的？"

"什么都不做。他说梦想是创业，估计也就嘴上说说。在家里无所事事。"

大家的表情立即变了，都探出身子来仔细听我说话。

"这种男人，确实不少啊……不过越是这种类型的，反而越细致体贴，有时候还挺有魅力的。我有个朋友也这样，我还想问有啥好的呢，结果她还不是迷上这种人了嘛。"

"我的朋友也是，因为婚外情受了打击，反而沉迷养小白脸了。要是肯做做家务，至少还能算个全职主夫，可他连这点小事都不干。不过朋友怀孕之后，他态度就彻底变了，现在两人还挺幸福的。"

"是啊是啊，怀孕时最好有这种男人！"

大家看上去比我说"没谈过恋爱"时愉快得多，而且还用一副"我全都懂"的语气交谈了起来。面对之前那个没谈过恋爱、没做过爱、也没正经工作的我时，她们偶尔会表示出无法理解的反应，可自从让白羽先生住进家里之后，她们几乎已经把我未来会经历的一切都看透了。

讨论白羽先生和我的关系时，她们总会用朋友如何如何来打比方，听上去仿佛在谈论毫无干系的他人。大家似乎都在内心中擅自编造出了故事，故事中的登场角色跟我和白羽先生只有姓名是相同的，内容与我丝毫没有关系。

我一插嘴，迎面听见的就是"别心急，最好先听我们的忠告！""对啊对啊，惠子你就是个恋爱初学者。我们对那种男人的生态了如指掌，这种故事都快听腻了。""美穗你年轻时也有过一次吧！"看她们乐在其中的样子，我决定问到什么答什么，除此之外什么都不做。

　　大家几乎是第一次把我当成了真正的"同伴"。能感受到她们在欢迎我——欢迎到这边来。

　　我深切地感受到，原来过去的我在大家眼中都是"那边"的人啊。于是我换上菅原小姐的口气，连连点头应和着："原来如此！"接着听她们唾沫星子四射地畅谈。

18

　　自从开始饲养白羽先生，我在便利店中的日子愈加顺利了。只不过，白羽先生的餐费还得我来出。过去周五周日都是休息的，一想到今后该多排些班，身体动起来就越来越有劲了。

　　收拾完外面的垃圾回到准备室，就见到上完夜班的店长刚巧在排出勤表，我便不动声色地开口了：

　　"对了，店长，周五和周日都排满了吗？我想多赚一点，要是能多排几班就好了。"

　　"怎么了？古仓小姐你可真了不起，有干劲啊！不过，整周里一天都不休息可是违反规定的。要不要到别的门店帮忙？到处都缺人手，他们肯定高兴着呢！"

"那就太好了！"

"别把身体累坏了哦。啊，给你这个月的明细。"

接过店长递来的工资明细表，装进包中，又听见店长叹着气说："唉……白羽先生的也得交给他呢。他的私人物品都留在店里呢，总是联系不到他啊。"

"咦？电话打不通吗？"

"打是能打通，可是他不接啊。那家伙就是因为这样才没用啊。叫他把自己的东西都拿走，结果柜子里还留了一大堆。"

"要我帮着拿走吗？"

从明天开始就有个新来的男孩要上夜班，柜子被塞满就麻烦了，我不小心说漏了嘴。

"欸？你帮着拿走，难道是带给白羽先生？怎么回事？古仓小姐，你跟那家伙还有联系？"

听到店长备感意外的反应，我心说"糟糕"，却还是点了头。

只要是没跟我见过面的人，随你怎么说都行，但别把我的事透露到便利店里去。白羽先生这么叮嘱过我。

把我藏起来，躲过所有认识我的人。我没给任何人添过麻烦，但所有人都满不在乎地来干涉我的人生。我只想安静地呼吸下去而已。

白羽先生自言自语似的说出了这段话。正当我回想起那场景时，从监控中传来自动门铃响起的声音。

我看了眼监控摄像中的画面，发现有一群男客人进了店里。店堂中一转眼就热闹起来。我见到收银台前只有上周刚入职的新人图安，就打算赶紧去帮着结账。

"别着急嘛，客人又逃不了的！"店长乐呵呵地喊道。

我指着监控视频说了句"收银那边要乱起来了"，便快步奔向收银台。

来到收银台的时候，已经有三个客人在排队，图安正一脸不知所措地操作着收银机。

"请问，这个……"

看来他还没搞懂代金券的操作。我敏捷地边操作边告诉他："这一种是可以找零的代金券。记得把零钱交给客人哦！"说完又跑去收银台另一边。

"久等了！请到这边来结账！"

有个等得不耐烦的男客人来到收银台前，口气烦躁地说："那个是你们的新人？我可是在赶时间啊。"

"真是对不起！"我低下头。

图安的操作还不熟练，本应该是泉小姐一起来盯着收银台的。我扫视一眼，见到泉小姐正全神贯注地给软包装饮料下订单，似乎根本没注意到收银台在排队。

好不容易结完账，又发现今天要打折的炸鸡串还没做好，我赶紧跑到准备室的冷库前。

"店长，今天炸鸡串的目标是一百根对吧！午高峰的份根本没做够，连热卖标志都没挂上去呢！"

那可糟糕了——我还以为泉小姐和店长会这么说的，没想到泉小姐却探出身子对我这么说：

"我说，古仓小姐，你跟白羽先生在交往是真的吗？！"

"不，那个……泉小姐，我在说炸鸡串呢。"

"等一等，你们究竟什么时候开始好上的？！倒还挺般配的！快告诉我，哪边告白的？白羽先生？"

"古仓小姐太害羞了根本不肯回答啦！下回搞个酒会吧？把白羽先生也带来哦！"

"店长，泉小姐，炸鸡串……"

"别糊弄我们啦，快说吧！"

我急躁了起来，喊道："没什么交往不交往的，现在只是住在我家而已啦！店长，别管这件事了，炸鸡串一根都没做好呢！"

"咦？同居？！"泉小姐大叫。

"真的假的？！"店长的声音中也充满了愉悦。

我再说什么也没用了，赶忙去冷库取出了炸鸡串的库存，双手抱起一大堆跑向收银台。

他们两人的样子让我深受打击。平日里一百三十日元的炸鸡串正在一百一十日元促销呢，作为便利店员工，他们竟然不关心这件事，反倒优先关心起店员和前店员之间的绯闻，简直难以理喻。这两个人究竟怎么了？

图安大概是注意到我脸色铁青地抱着炸鸡串跑过来，跑到我身边，替我捧起一半。

"好厉害，这些，全都做吗？"他用有点生硬的日语问道。

"是啊。从今天开始做促销。店里的目标是一百根，上回做促销时卖了九十一根，所以这次一定要达成。为了今天，傍晚上班的泽口小姐给我们做了个好大的热卖标志。把这标志挂上去，大家团结一致把炸鸡串都卖出去吧。这就是现在店里最重要的事。"

我说着说着，不知为何泪汪汪的。嘴上说得太快了，图安好像没完全听懂我的日语，歪着脑袋问："团结一只？"

"就是大家团结在一起努力加油的意思啦！图安，把这些立刻都做出来吧！"

听到我的话，图安点点头："全部都做！很辛苦呢！"接着就用笨拙的姿势做起炸鸡串来。

我跑到速食品玻璃柜旁，开始悬挂泽口小姐加班两个小时做的"高人气！多汁美味炸鸡串，限时特惠一百一十日元！"热卖标志。

我踩着梯子，将用硬纸板和彩色画纸做成的炸鸡串大招牌悬挂在天花板上。泽口小姐说着"这回一定要达成一百根"做出来的招牌，真是赏心悦目。

同为店员的时候，我们本应该是为同一个目标而齐心协力的同志啊。泉小姐和店长他们究竟怎么了？

有顾客进入店里，我立刻喊起来：

"欢迎光临，早上好！今天开始，炸鸡串特惠一百一十日元！欢迎选购！"

图安一边将刚做好的炸鸡串摆放上架，一边也嗓门大开地喊道。

"炸鸡串特惠，欢迎选购！"

店长和泉小姐仍旧没从准备室里出来。我似乎隐约听见了泉小姐的笑声。

"便宜又实惠，炸鸡串，欢迎选购！"

虽然不够熟练依然大声吆喝的图安，是现在的我唯一无可替代的同志。

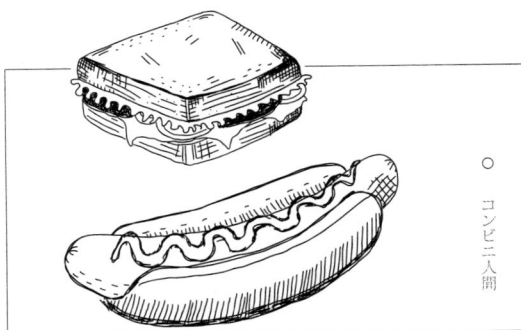

○　コンビニ人間

19

在附近的超市买了豆芽、鸡肉和卷心菜回到家，却发现白羽先生不见了。

我做着煮热食材的准备，心想：白羽先生该不会就这么一去不回了吧？此时从浴室传出了声响。

"咦？白羽先生，你在啊？"

打开浴室的门，只见白羽先生穿着一身西服坐在空浴缸里，正捧着平板电脑看视频。

"为什么要待在这儿呢？"

"刚开始是想待在壁橱里的，结果出虫子了。这儿没虫子，我也乐得舒坦。"白羽先生回答道，"今天也吃煮蔬菜吗？"

"啊，是的。今天煮豆芽、鸡肉和卷心菜。"

"是吗。"白羽先生依旧低着头，"今天回来得真晚啊。肚子都饿瘪了。"

"下班的时候，店长和泉小姐非要缠着我说话，根本脱不了身。店长明明是休息日出勤，还一直留在店里。非要我把你一起带去酒会，简直纠缠不休。"

"咦……难道说，你把我的事说出去了？"

"对不起，我说漏嘴了。啊，这个给你。你的私物和工资明细，我帮你带回来了。"

"……是这样啊……"白羽先生捏紧平板，沉默了片刻，"我让你把我藏起来……结果还是说出来了。"

"对不起，我没有恶意的。"

"没事……反正麻烦的是古仓小姐你自己。"

"咦？"我不明白自己会有什么麻烦。

"他们肯定是想把我揪出来批斗一番。但我是绝对不会去的。我会一直躲在这儿。这么一来，接着要挨批的就是古仓小姐你啊。"

"我？"

"为什么让无业的男人住在自己房间里？双职工倒是能理解，可为什么只有你在做兼职？不打算结婚吗？不生个孩子吗？找个正经工作吧！去完成成年人的职责吧！所有人都会来干涉你的。"

"可店里的人从来没对我说过这种话啊。"

"那是因为你实在太奇怪了啦。三十六岁的单身便利店兼职员工，况且多半是处女，每天都格外卖力地吆喝，明明身体健康却丝毫不打算找份正职。他们只是把你当成异类，觉得实在太恶心了，才没人开口说你。在背地里早就说过无数遍了。只不过从现在开始，会直接说给你听了。"

"哎……"

"一个正常的人啊，最大的兴趣就是批判不正常的人了。不过，要是你把我赶出去，大家就会更严格地制裁你。所以你也只能继续养活我了。"白羽先生浅笑道。

"我一直都想要报仇，向那群容许女人当寄生虫且随便哪个女人都行的家伙报仇。我一直在想，总有一天我自己也要变成寄生虫。我硬着头皮也要寄生在你身上。"

我根本不明白白羽先生究竟在说些什么。

"白羽先生，别说这些了，要不要先吃点饲料？我想差不多该煮好了。"

"我在这儿吃，你拿过来吧。"

既然白羽先生这么说，我就把煮好的蔬菜与白米饭装在盘子里，拿到了浴室。

"门给我关一下。"

既然白羽先生这么说，我就关上浴室的门，久违地一个人坐在桌前吃起饭来。

忽然觉得自己的咀嚼声格外大。或许是因为刚才还身处便利店的"声音"之中。闭上眼睛回想店堂中的一切，便利店的声音又从鼓膜内侧复苏了。

　　它就像音乐一样，流淌在我的身体中。铭刻在我身体之中的便利店营业声高高奏响，我在其中心神恍惚。为了明天的工作，我将面前的饲料都填进了身体里。

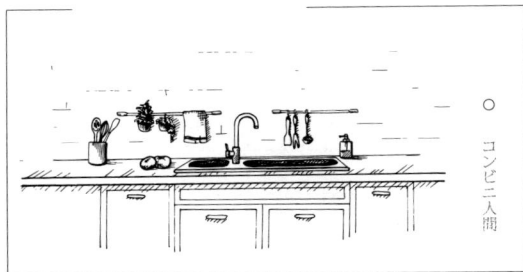

○

コンビニ人間

有关白羽先生的事，转眼间就在店里传开了。店长十分执拗，只要一见到我就会问："白羽还好吗？啥时候来开酒会呀？"

我本觉得第八任店长工作很投入，是值得尊敬的人，是最优秀的同志，可现在一见面就提白羽先生，我都快受够了。

过去见面时，他一开口总是这些话题——"最近热了，巧克力点心的销量不太理想""最近有个新公寓造好了，傍晚的客人增加了""下下周的新品投了好多广告，值得期待"。作为店员和便利店店长，我们明明可以坦率地交流这些更有意义的话题。可现在我却觉得，店长心目中的我，已经不再首先是个便利店职员，而成了一只人类中的雌性。

"古仓小姐，有什么烦恼的话，就找我聊聊吧！"

"是啊是啊，下回你一个人来也好，一起喝几杯嘛。其实要是白羽先生也肯来就好了。我还想替你好好教训一下他呢！"

就连说过讨厌白羽先生的菅原小姐也主动说："我也想见白羽先生！把他请过来嘛！"

我从来都不知道，大家原来偶尔会聚会喝酒。有孩子的泉小姐在丈夫带孩子的日子里，也会去酒会露个脸。

"哎呀，我早就想和古仓小姐一起喝几杯啦！"

所有人都在等待机会，盘算着把白羽先生揪到酒会上去，责骂一番。

大家摆出这样的阵势来责骂一个人，我似乎有点理解白羽先生"想藏起来"的心情了。

店长把白羽先生辞职时本应处理掉的简历都拿了出来，

和泉小姐你一言我一语起来。

"你瞧这儿，大学中途退学，去了专科学校，然后又很快退出了。""都这个年头了，只有一张英检①证书？也就是说，连驾照都没有吧？"两人对白羽先生评头论足。

大家快活地批判着白羽先生，仿佛这件事情是比饭团一百日元统一特价、芝士法兰克香肠最新发售、分发熟食全品类打折券都更重要的优先事项。

店里的"声音"混进了杂音。就好比众人在演绎同一首音乐时，忽然都从口袋里掏出了五花八门的乐器开始演奏，那是一种令人不快的不和谐音。

最为可怕的就是新人图安了。他不断吸收着店里的气氛，越来越像店里的众人了。假如是过去的店里，自然没有问题，可要是融入现在这群人中，图安恐怕也会日渐成长为远远无法称作"店员"的生物。

那么认真刻苦的图安，竟然停下了制作法兰克香肠的

---

① 英检是日本的实用英语技能检测，相当于中国的大学英语四、六级。

手，问道："古仓小姐的丈夫，之前在这家店上班吗？"

他把句尾拉长的语调或许是被泉小姐所传染的。

我快言快语地答道："不是丈夫。别管这个了，今天很热，冷饮会卖得比较好。宝特瓶装的矿泉水卖了不少，快去补货吧。冷藏室的纸箱里装了不少，都冰好了。软包装的茶类也卖得不错，要时常注意一下货架上的状况哦。"

"古仓小姐，不生个孩子吗？我的姐姐，结婚后有了三个孩子。还很小，都很可爱啊！"

图安已经渐渐不像个店员了。尽管和大家穿着一样的制服在工作，但他比之前离"店员"越来越远了。

只有顾客一成不变地来到店里，会需要身为"店员"的我。原以为与我生长着相同细胞的众人，日渐变为"村里的雄性与雌性"。在这种毛骨悚然的气氛中，只有顾客才能让我坚持做好一个店员。

21

妹妹专程来骂白羽先生的那次，是在通电话一个月之后的星期天。

妹妹是个温和又体贴的孩子，这回却格外有冲劲，坚决不肯退让："为了姐姐，我必须来说几句话。"

我让白羽先生暂且出去一会儿，他却说："没事的，无所谓。"结果就让他待在房间里了。他明明那么讨厌被人骂还留下来，实在有些意外。

"我老公在照顾悠太郎呢。偶尔一次啦。"

"是吗。这儿有点小，你别介意。"

好久没见到不带宝宝出门的妹妹，总觉得她好像忘带了什么东西。

"不用特地来见我啦，叫我一声，我就像平时那样去你家玩了。"

"没关系没关系，今天我就是想和姐姐好好聊聊……没打扰到你们吧？"

妹妹环顾房间后，问道："那个，和你一起住的那位……今天出门了吗？该不会让他费心了吧……"

"什么？不会啊，他在呢。"

"咦？！在、在哪里？我得打声招呼啊！"妹妹慌忙站起来。

"不用打什么招呼的。啊，差不多到喂食的时间了……"我说着就取过厨房里的水盆，把米饭与锅中清煮的土豆和卷心菜装进去，带去了浴室。

白羽先生在浴缸里铺满了坐垫，正端坐在中间玩手机，我把饲料递给他，他便默默接受了。

"浴室？他在洗澡吗？"

"不是，一起住这个房间太挤了，就让他住在那里面。"

看到妹妹瞠目结舌的表情，我详细说明：

"你知道，我家已经是很旧的公寓了。白羽先生说与其用这旧浴缸，不如出去洗投币淋浴。我能收到淋浴费和饲料费这些零钱。虽然有点麻烦，但是有他在家里凡事都很方便。所有人不知怎么的，都特别为我高兴，说着'太好了''恭喜'这些话来祝福我。他们都自顾自地接受了，也不怎么来干涉我的生活了。所以才说很方便。"

妹妹大概是理解了我的说明，低头沉思。

"对了，我把昨天店里卖剩下的布丁都买回家了。要吃吗？"

"没想到会是这么回事……"

听到妹妹的嗓音在颤抖，我惊讶地看看她的脸，她似乎在哭泣。

"怎么了？！啊，我马上给你拿纸巾！"情急之下，我用菅原小姐的语气说着，站起身来。

"姐姐，你要到什么时候才能被治好啊？"妹妹开口了，她并没有责怪我，而是垂头丧气的，"已经到极限了……你要怎么才能变正常？我要忍到什么时候才好？"

"咦？你在忍着吗？既然这样就不用勉强来见我呀。"

我这句坦率的回答让妹妹流着泪站了起来："姐姐，求你了，和我一起去看心理医生吧。让他们把你治好吧，只有这一条路了。"

"小时候去过了，不是不行吗？而且，我也不知道究竟该治好什么。"

"姐姐你自从开始在便利店上班，就越来越奇怪了。说话的时候，在家里也用便利店那种口气大声喊，表情也很奇怪啊。我求你了，正常一点吧。"

妹妹哭得越来越厉害了，我向哭泣的妹妹发问："那你说，我是不做店员能治好，还是继续做能治好呢？是把白羽先生从家里赶出去能治好，还是放他在家里能治好呢？只要你给我一个指示，我怎么做都无所谓的。你清清楚楚地告诉我呀。"

"我已经，什么都搞不懂了……"

妹妹抽抽搭搭的，并没有回答我的问题。

　　我见她不说话，没事可做，就从冰箱中取出布丁，边看着哭泣的妹妹边吃，可她怎么都哭个不停。

　　就在这时，我听见浴室门打开的声音，惊讶地回头一看，只见白羽先生站在门口。

　　"抱歉，其实刚才我跟古仓小姐小吵了一架。让你见笑了。肯定吓坏了吧。"

　　白羽先生突然变得能说会道，我目瞪口呆地仰望他。

　　"其实就是因为我跟前女友在 Facebook（脸书）上还有联系，两人还去喝了杯酒。结果惠子就大发雷霆，说不跟我一起睡了，还把我关在浴室里啦。"

　　妹妹像在反复回味这段话似的，盯着白羽先生的脸瞧了好一会儿，才露出信徒在教堂见到神父一样的表情，依靠着白羽先生给的力量才站了起来。

　　"原来是这么回事啊！也对啊……也对啊！"

　　"我听她说妹妹今天会来，心想不妙，就躲起来了。怕被你也痛骂一顿呢。"

　　"就是这样……没错啊！我听姐姐说，你也不工作，整天蹲在家里，我还以为姐姐被什么奇怪的男人骗了呢，整天担心得不行……竟然还敢出轨！我作为妹妹，饶不了你！"

妹妹骂着白羽先生的时候，又显得无比喜悦。

原来如此。她认为自己骂的是"这边"的人。所以相比一个毫无问题但身处"那边"的姐姐，现在这个浑身是问题但属于"这边"的姐姐更让妹妹感到高兴。因为这样才是她能够理解的正常的世界。

"白羽先生！我这个当妹妹的，真的生气了！"

我能察觉到妹妹的语气比之前有了些变化。妹妹的身边现在都是什么人啊？肯定和那些人的语气很像吧。

"我明白。可能有点慢，但我还在找工作呢。当然，我也有考虑尽早把证领了。"

"你们这个样子，我怎么跟父母交代呀！"

看来已经到极限了。已经没有人再希望我继续做个店员了。

我成为店员之时那样为我感到高兴的妹妹，如今却说不当店员才是正常的。妹妹的眼泪已经干了，但鼻涕流了

出来，鼻子下面都湿了。她不去擦擦鼻涕，却瞎胡闹似的
冲着白羽先生发火。我又没办法帮妹妹擦掉鼻涕，只能手
捧着吃到一半的布丁，注视着他们两个人。

○

コンビニ人間

22

第二天，做完兼职回到家就看到玄关处摆着一双红鞋子。

是妹妹又来了吗，还是白羽先生把女朋友带回家里来了？我边想边走进去，看到白羽先生在房间正中央端坐着，桌子的另一边有个盯着白羽先生的棕发女人。

"请问……您是哪位？"

我一提问，那女人就露出尖锐的眼神抬头看。是个还很年轻、妆容很是凌厉的女人。

"你就是现在和他一起住的人？"

"是这样，没错。"

"我是他弟弟的老婆。这个家伙，合租金不交就逃跑了，电话也打不通，别人一直把电话打到我们北海道老家来。我们给他打电话也全都不管不顾。刚好我要到东京来参加个同学会，才帮他把合租房欠的钱全都垫付了，还低头赔礼道歉。真是的，我早料到会有这一天了。这个家伙，自己压根没想着要赚钱，却对钱贪得要命，又不检点。你们听着，这钱我必须要让你们还回来。"

桌上摆着一张写了"借据"的纸。

"给我老老实实去工作还钱。真是的，凭什么让我帮婆家的哥哥到这种地步啊！"

"那个……你是怎么知道我在这儿的……"白羽先生发出微弱的声音。

我心想，白羽先生让我把他"藏起来"，恐怕也包含了想要躲掉房租的意思。

听到白羽先生的提问，这位弟媳哂笑着说：

"我说大哥啊，你之前不也有过交不出房租回老家借钱的事吗？当时我就料到会有今天了，让老公在你手机上装了个追踪应用。所以我才知道你躲在这儿，你一走出便利店就被我逮住了。"

看来白羽先生完全不被弟媳所信任啊，我深深感叹。

"真的……钱我肯定会还的……"白羽先生已经垂头丧气。

"那还用说？然后，你跟她是什么关系？"弟媳的视线转到我身上，"无业游民还敢同居？你也老大不小了，有这个空闲，还不如好好找个工作呢。"

"我们在以结婚为前提交往。打算我干家务，她在外面工作。她的工作安定下来之后，立刻就把钱还给你。"

哦？白羽先生原来还有女朋友啊，我暗自思忖。我又想起昨天妹妹与白羽先生之间的对话，才意识到他指的是我。

"是吗？那现在做什么工作呢？"她露出讶异的表情问。

"啊，那个……在便利商店做兼职。"我回答。

弟媳的眼睛、鼻子、嘴巴一齐猛地张开。啊……这表情有点似曾相识呢。

就在这时，一脸哑然的弟媳大叫起来："什么？！唉！你们两人就靠这个生活吗？！这个男人连工作都没有啊？！"

"呃……是的。"

"这怎么可能活得下去啊！迟早要走投无路的啊？！先不提这个……初次见面，恕我冒昧，你的年纪也不小了，为什么还在做兼职？！"

"这个……其实有段时间也去参加过不少面试，但只能在便利店干下去。"

弟媳瞠目结舌地盯着我看。

"你们某种意义上还挺般配的……对了，我作为彻底的局外人想多嘴一句——就业或者结婚，劝你最好选一样。我是认真的。其实两件事都做才是最好的。这种吊儿郎当的生活方式，总有一天会把你们饿死的。"

"说得对啊……"

"我没法理解你是怎么看上这男人的，不过这就更有必要去就业了。两个社会不适应者，光靠打工赚的钱，是绝对过不下去的，不骗你。"

"是。"

"身边就没人对你说过一句吗？我问你，保险好好交了吗？我真的是在为你着想才说的！我们素昧平生，真的劝你要认真一点生活！"

看到弟媳挺出身子苦口婆心的样子，我觉得她比白羽先生所描述的形象好太多了。

"我们会好好商量的。生孩子之前，我来辅助她。我自己就专心网络创业。生孩子之后，我也会找个工作，支撑起一家人的。"

"别白日做梦了，大哥你也给我去工作啊。不过这都凭你们自己的愿意，也许轮不到我来说三道四啦……"

"我会让她立刻辞了兼职的，让她每天都去找工作。已经说好了。"

"嘿……"弟媳干巴巴地回应，"不过，总算有对象了，也总算比以前要靠谱一点……"说完她就站起身。"我也不想在这儿待太久，先回去了。"

"今天的事情，包括借给了你多少金额，我全都会告诉婆婆的。别妄想你逃得了。"

弟媳留下这句话就走了。

白羽先生慎重地确认门已经关上，脚步声已经远去，才欢喜地叫唤起来："太棒了，让我躲过去了！这样暂时就没问题了。这女人是绝没有可能怀孕的，因为我是绝对不会跟她上床的！"

白羽先生亢奋地抓住我的双肩："古仓小姐，你可真走运啊。处女、单身、便利店兼职员工，三座大山压在你身上，多亏有了我，你才能变成已婚社会人士，没人会再觉得你是处女啦，在周围人的眼里，你就成了一个正经的人。这是最皆大欢喜的事了。祝贺你啊！"

才刚到家，我就被卷进了白羽先生的家庭琐事之中，累得精疲力竭，根本没心情听白羽先生的话。

"请问，今天能让我用用家里的淋浴吗？"我问。

白羽先生把被褥从浴缸里搬出来，我久违地在家里冲了个澡。

冲澡的时候，白羽先生依然站在浴室门前喋喋不休。

"古仓小姐，你能遇到我，真是太走运了。你光这么一个人过下去，今后不知会死得多惨呢。为了回报我，就永远把我藏起来吧。"

白羽先生的声音无比遥远，我只能听见水声。耳中残留的便利店声响被一点点清除。

把身上的泡沫冲走，咯吱一声扭上龙头，耳畔久违地化作一片寂静。

至今以来，我的耳中时刻都有便利店的声响。然而，现在却听不见了。

这久违的寂静，仿佛一段从未听过的音乐，让我久久站立在浴室中央。只有白羽先生的体重让地板吱吱嘎嘎地作响，好似在抓挠着这片寂静。

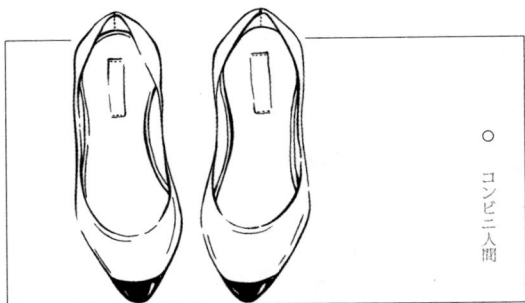

○

コンビニ人間

23

　　十八年来的出勤如梦似幻，戛然而止般地，我迎来了在便利店的最后一天。

　　那天，我清晨 6 点就去了店里，不停地盯着监控摄像看。

　　图安已经熟悉了收银，迅速地扫描起罐装咖啡和三明治，听到"要发票"也能敏捷地完成操作。

　　其实要辞去兼职工作是必须提前一个月说的。但得知我有特殊情况，花了两个星期就完成了辞职。

　　我想起两星期前的那一幕。我说了"请允许我辞职"，店长反倒非常高兴。

　　"啊，终于辞职了？！白羽先生给你展现男人的一面了？！"

店长明明说过没我做兼职就麻烦了，还常说人手不够，想辞职就得先介绍个人进来。这样的一个人竟然乐呵呵的。不，也许根本就不存在店长这个人。我面前的这个人是人类中的雄性，只希望跟和我相同的生物一起繁衍后代。

平日里一向对突然辞职的人愤然表示"缺乏职业意识"的泉小姐，也向我祝福道："我听说了！真是太好了！"

我脱下制服，摘下姓名牌，交给店长。

"那我就先走了，承蒙大家照顾了。"

"哎呀，我们可要冷清了。真的辛苦啦！"

工作了漫长的十八年，最后却无比简短。收银台上，已经有上周刚进来的缅甸女孩代替我扫描条形码。我斜视着监控中的图像，心想自己恐怕再也不会映在这视频中了。

"古仓小姐，真的辛苦你了。"

泉小姐和菅原小姐说着"兼作贺礼"，送了我一副很高级的夫妻筷，夜班的女孩送了我一罐曲奇。

十八年来，我见过许多辞职的人，他们留下的空当转眼就会被填上。我离开之后，那位置也会转眼间被填满，便利店明天一定还会照常运转。

清点商品的扫描仪、发订单的机器、擦地的拖把、给手消毒的酒精、总插在腰间的掸子，这些亲如手足的工具，我再也碰不了了。

"不过，还是要恭喜你开始了新生活呀！"

听到店长的话，泉小姐和菅原小姐连连点头：

"对啊！有时间再来玩呀！"

"是啊是啊，就当个客人，经常来转转吧。要和白羽先生一起来哦，我请你们吃法兰克香肠。"

泉小姐和菅原小姐都对我露出祝福的笑容。

我终于成为大家脑中所想象的正常人了。即便大家的祝福让我毛骨悚然，我还是说了声"谢谢你们"。

给夜班的女孩也打声招呼之后，我来到了外面。外面的天还很亮，但是便利店散发出的光芒，比天光更明亮。

　　不做店员的我究竟何去何从，连我自己都无法想象。我向这发着光的"白色水缸"行了一礼，开始往地铁站走去。

24

回到家，白羽先生已经在等着我了。

如果是往常，我会为了明天的出勤吃完饲料就睡觉，将自己的肉体调整到最佳状态。不工作的时间里，我的身体也一样属于便利店。而我现在已经彻底解放，不知道该如何是好。

白羽先生在房间里，得意扬扬地在网上查找招聘信息。桌上散乱地放着一堆简历纸。

"虽说大多数工作都有年龄限制，但只要用心去找，也不是完全没门路。我本来最讨厌看这些招聘广告了，可一旦不是自己去找工作，就觉得太有意思啦！"

我的心情很沉重。一看时钟，才晚上7点。平日里，就算我不在工作，身体也是与便利商店联系在一起的。现在是傍晚补充软包装饮料的时间，现在是夜间日用品刚到货、夜班开始清点的时间，现在是清扫地板的时间——平日里，我只要一看钟表，店里的景象就会浮现在脑海。

现在应该刚好是上夜班的泽口小姐在给下周新品写热卖标签、牧村在给方便面补货的时候了。而我自己，却被这时间的湍流甩在了后头。

房间里有白羽先生的声音、冰箱的声音，还有各种噪音，但我的耳朵只能听见一片寂静。昔日将我填满的便利店声响，已经从我体内消失了。我与世界之间的联系被切断了。

"靠在便利店做兼职来养活我还是有点不安稳啊。无业跟做兼职摆在一起，肯定是无业的我会受到批判。那群永远摆脱不了绳文时代的家伙，有事没事都会指责男人。不过只要古仓小姐你找到正职了，我就不用受那种苦喽。这也是为了你好，简直是一石二鸟嘛。"

"那个……我今天没什么食欲，白羽先生，你能随便吃点什么吗？"

"嗯？这倒无所谓啦。"

或许是因为嫌自己去买太麻烦，白羽先生语气中有些不满，但给他一张一千日元面额的钞票他就闭嘴了。

当天晚上，我进了被窝也睡不着，便起床，穿着起居服到了阳台上。

过去的这时候，我必须为了明天而熟睡。一想着要为便利店调整好身体状况，立刻就能入睡了。而现在的我，连为什么而睡都不明白。

我大多数衣物都是晾在房间里的，阳台上脏兮兮的，窗框也生锈了。我不顾居家服会被弄脏，坐在阳台上。

不经意间，透过玻璃窗看到房间里的时钟，已经半夜3点了。

现在大概是夜班该休息的时候了吧。达特跟上周刚来那个有点经验的大学生篠崎，大概正在一边休息，一边开始给冷库补货。

这么晚还睡不着，已经许久没经历过了。

我抚摩着自己的身体。按照便利店的规定，我的指甲剪得很短，头发也不能染色，必须强调清洁感。手背上还微微残留着三天前炸可乐饼时的烫伤痕迹。

虽说夏日将至，阳台上还是有些凉意。即便如此我也不愿回到房间，只是心不在焉地久久仰望着蓝色的天空。

25

被闷热和失眠所折磨的我，翻了个身，在被窝中微微睁开眼。

我不知道今天是星期几，也不知道现在是几点。伸手在枕头旁摸到了手机，一看时间，是 2 点。不知究竟是凌晨还是下午，我脑袋昏昏沉沉的，没法分辨清楚。从壁橱里走出来，看到午间的阳光透过窗帘射进来，才知道现在是下午 2 点。

看了眼日期，我从便利店正式辞职到现在，已经过了将近两周。我觉得度过了一段漫长的时间，又觉得时间仿佛静止了。

白羽先生不知是不是去买吃的了，不在房间里。摊开来没收拾的折叠桌上，还放着昨天吃完的方便面残骸。

自从辞掉便利店兼职之后，我变得不知早晨该几点起床，过上困了就睡、起来就吃的生活。除了遵照白羽先生的命令写简历，什么都没做。

我逐渐不知道该按照什么基准来移动我的身体了。在此之前，哪怕是不工作的时候，我的身体也属于便利店。为了能健康地工作而睡眠，调整状态，摄取营养。那些都属于我的工作范畴。

白羽先生依旧睡在浴缸里，白天在房间里吃吃东西，看看招聘广告。看他这滋润的生活，比起自己工作的时候生龙活虎多了。我不论昼夜都觉得很困，于是在壁橱里铺了被褥，只有肚子饿了才爬出去。

我意识到自己很口渴，就打开自来水龙头装满一杯，一口气喝光。我蓦地想起不知在哪里听说过，人类身体中的水大约每两周就会更替一次。我每天早晨在便利店买的水已经流出了身体，皮肤上的湿气也好，眼球上的水膜也好，莫非已经不再是便利店的一部分了？

握着杯子的手指上、手臂上，都生出了黑黑的汗毛。在此之前，我为了便利店每日整理仪容，可现在没必要了，我不觉得有剃毛的必要性了。朝靠在房间墙壁上的镜子望了一眼，发现我甚至长出了淡淡的胡须。

原来每天都去洗的投币淋浴，也变成了三天一次。被白羽先生说了，才不得已去洗澡。

以对便利店是否合理来判断一切事物的我，彻底失去了基准。对于一种行为是否合理，我不知道该用什么作为标尺来做决定。在我成为店员之前，也曾依照是否合理来判断事物，可当时的我究竟是用什么作为指针的呢？我已经忘光了。

不经意间，传来了电子音，回头一瞧，是白羽先生留在铺席上的手机在响。看来是忘记带手机出门了。我本想不去管它，可铃声怎么都不停。

我心想，该不会有急事吧？一看屏幕，上面显示着"恶鬼媳妇"几个字。我凭直觉点下了"接听"按钮，果不其然，传来了白羽先生弟媳的叫骂声。

"我说大哥，你要让我打多少次电话才肯罢休！我知道你躲在哪儿呢，小心我找上门去！"

"那个……你好，我是古仓。"

一听到接电话的人是我，白羽先生的弟媳立即用冷静的语气回答："啊，是你啊。"

"白羽先生现在大概去买午饭了。应该很快就会回来。"

"那正好。你能替我给他传个话吗？借给他的钱，自从上周汇了三千日元以来，就杳无音信了。搞什么鬼？三千日元，逗我玩吗？"

"真是对不起。"我勉强地道歉。

"真是的，你们正经一点行不行？这可是签过借据的。我该出手时也是会出手的，你就这么跟那男人说吧。"弟媳愤愤地说。

"是，他一回来就说。"

"必须要说啊！那家伙真的是对钱贪得无厌，没救了！"

弟媳愤怒的嗓音之后，似乎能听到婴儿的哭声。

　　我忽然冒出个想法：如今我失去了便利店这个基准，那么以动物本能的合理性作为基准来进行判断是否才是正确的呢？我也算是人这种动物，也许尽可能生个孩子，让种族更加繁荣才是我该走的正道。

　　"抱歉，我想问你一个问题。是不是生个孩子才算是为人类做贡献？"

　　"啊？！"

　　听到弟媳在电话另一边发出怪叫声，我就仔细地说明：

　　"我们毕竟都是动物，是不是该越多越好呢？你觉得我和白羽先生是不是应该多多性交，为人类的繁荣出一份力呢？"

　　对面有好一会儿没出声，正当我以为电话被挂掉的时候，只听见"呼哇啊——"的长长叹息，几乎能感觉到从手机里喷出一股温热的空气。

　　"你们饶了我吧……兼职加无业，生孩子有什么意义？真的别添乱了。求你们这种人别留下遗传基因了，那才是对人类最大的贡献。"

"啊，原来如此。"

"你们身上的败类基因，就自己留着直到寿终正寝，死的时候带去天堂吧。一丝一毫都不要留在这世界上，求你们了。"

"我明白了……"这位弟媳看待事物的方式真是相当有条理，我佩服地点头。

"跟你说话我都觉得自己快疯了，完全是浪费时间。我能挂电话了吗？对了，欠款那件事，千万要传达给他哦！"

弟媳留下这句话，就挂了电话。

看来我和白羽先生还是不性交才更符合人类的常理。我从没有性交过，本就觉得有点可怕，提不起兴致，这算是松了口气。我还是时刻注意别留下遗传基因，一直到寿终正寝，等死的那天再处理掉为好。在如此下定决心的同时，我又变得无所适从。明白了这一点后，死之前的这段时间，我该做些什么来打发掉呢？

门响了，白羽先生回来了，手中提着附近百日元商店的塑料袋。每天的规律都变得一团糟之后，我也不怎么煮蔬菜做饲料了。于是白羽先生只好代我去百日元商店买些冷冻食品当菜吃。

"啊……你醒了啊。"

明明一同生活在这狭小的房间里，我们却很久没在午饭时见过面了。电饭煲一直都开着保温，打开就有饭，我一醒来就往嘴里塞几口饭，回壁橱继续睡觉。这就是我的生活。

既然打了个照面，就不由自主地一起吃了顿饭。白羽先生解冻出来的菜是烧卖和炸鸡块。我们把菜盛在碟子里，无言地送进嘴里。

我就连自己为了什么摄取营养都不明白了。米饭和烧卖在我嘴里嚼成了一团烂糊，却怎么都无法下咽。

○　コンビニ三人閣

26

那一天，我第一次参加了面试。白羽先生得意扬扬地说，虽然是派遣工，三十六岁还在做兼职的我能捞到这面试已经是奇迹了。自从我从便利店辞职，已经过去将近一个月。

我穿上十多年前干洗后就没穿过的西装，梳好头发。

我甚至已经许久没有离开房间了。边做兼职边攒下的一点点存款，也花掉了大半。

"好了，古仓小姐，出发吧。"

白羽先生说要把我送到面试地点，还兴致勃勃地要在外面等到我面试结束。

来到室外，四下已经充满了盛夏的暑气。

我们坐地铁去面试地点。连地铁都许久没坐过了。

"好像到得太早了。还有一个多小时呢。"

"是吗？"

"啊，我先去上个厕所。你在这儿等我一会儿。"

白羽先生说着就跑了开去。我还在想哪儿有公共厕所的时候，只见白羽先生跑去了一家便利店[①]。

我心想也上个厕所吧，就跟着白羽先生进了便利店。自动门打开的瞬间，我听见了熟悉的门铃声。

"欢迎光临！"收银台里的女孩望着我，大声招呼。

便利店中排起了长队。我一看时钟，很快就要到12点了，刚好是午高峰开始的时候。

收银台里面只有两个年轻女孩，其中一人似乎还挂着"培训中"的徽章。有两台收银机，她们俩都在拼命打着单子。

这里像是一条商业街，顾客几乎都是穿着西装的男人

① 日本的大多数便利店中，顾客可以使用厕所。

和 OL^① 打扮的女性。

就在这时，便利店的"声音"流进了我的身体。

便利店中的一切声音，都拥有含义，振个不停。这种振动在直接与我的细胞对话，像音乐一样在体内回响。

在大脑开始思考之前，我就凭本能理解了这家店现在究竟需要什么。

我呼出一口气，看了看冷柜，只见上面贴着"今日起意面全品类折扣三十日元！"的海报。可那些意面却和炒面、大阪烧之类的混杂在一起，一点都不醒目。

这可不行啊。我把意面移动到了冷面旁边的醒目位置。一位女顾客用费解的眼神看着我，我抬头对她说了声"欢迎光临！"，她便以为我是职员，露出理解的神情，从刚摆放整齐的货架上取走了一盒明太子意面。

正当我心说"太好了"的时候，又注意到了巧克力的货架。我连忙取出手机看看今天的日期。今天是周二，新品上架的日子。这可是一周里对便利店店员来说最重要的

① OL 是 "Office Lady" 的缩写，指职业女性。

一天啊，你们怎么会忘记呢？

　　我看到巧克力新品只在最底层的架子上排了一列，差点尖叫出声。半年前就大红大紫、连续卖断货的热门巧克力点心除了其间限定的白巧克力味，竟然被如此不起眼地放在这位置，简直不可理喻。我敏捷地调整货架，将卖得不怎么样却占了不少地盘的糖果排成一列，让新品在最上面一层排成三列，把标在其他糖果上的"新商品"标签挂上去。

　　打着收银机的女孩一脸讶异地望着我。她们注意到了我的动作，却因为面前的队伍而脱不开身。我做了个展示胸口徽章的动作，又用不至于打扰顾客的声音说了声"早上好！"来向她们解释。

　　女孩露出如释重负的表情，轻轻点头示意，开始集中精力结账。她们一定以为穿西装的我是本社来的职员吧。这么轻易就被骗到了，这儿的安全管理真是差劲。假如我是坏人，把准备室里的保险箱打开，把钱都偷走该怎么办？

之后一定得提醒她们。我这么想着，将视线转回货架，就见到两位女顾客已经拿起我排列好的新品，热络地聊了起来："啊，快看呀，这个点心出白巧克力味了！"

"我今天看到它的广告了！要不要尝尝看？"

便利店对于客人来说，并非一个机械地购买必需品的地方，它必须是一个能发现喜好商品、带来乐趣和喜悦的地方。我满足地点着头，快步在店内来回行走。

今天的天气明明很热，矿泉水却没有好好补货。软包装的两升大麦茶卖得很好，显眼的位置却一盒都没放。

我能听见便利店的"声音"。便利店在要求些什么，想要变成什么模样，我如同探囊取物般一清二楚。

队列消失了，收银台的女孩跑到了我的身边。

"哇，好厉害，像魔法似的。"看到我整理过的薯片货架，她小声感叹。

"今天一个兼职员工都来不了，给店长打电话也接不通，正头疼呢。只能和新人一起……"

"原来是这样。不过我看到你们结账时的表现了，很有礼貌，非常好。高峰期过去之后，就去补充一点冷饮吧。还有棒冰，天一热起来，比较清爽的棒冰会卖得更好，去把冰柜调整一下吧。还有，日用品的架子有点积灰了。麻烦你们先把商品都撤下来，再把货架清理一遍。"

我听到便利店的"声音"之后，就再也停不下来了。便利店想要变成什么形态，店里需要些什么，这些"声音"都源源不断地流进我的身体中。不是我在说话，是便利店在说话。我只是在传达便利店赋予我的天赋而已。

"是！"女孩无比信赖地回答。

"还有，自动门上留的手指印有点太多了。这个位置很显眼，也清理一下吧。另外，女顾客挺多的，多备几种粉丝汤就更好了。请转告一下店长。然后……"

正当我原封不动地将便利店的"声音"传达给店员女孩的时候——

"你在干什么呢！"传来了怒骂声。

白羽先生不知何时已经从厕所出来了，抓住我的手腕大吼。

"客人，发生什么事了吗？"我条件反射般地回答。

"开什么玩笑！"他说着就把我拉到了店外。

"你在做什么蠢事呢！"白羽先生揪着我一直到路边，又怒喝道。

"我能听见便利店的'声音'。"我回答。

听到我的话，白羽先生露出仿佛见到鬼魅般的眼神，包裹着白羽先生那张脸的青白色浅薄皮肤，简直像被揉捏过一样，变得皱巴巴的。

即便如此，我依然没有退缩：

"便利店的'声音'传进了我的身体，我停不下来。我就是为听见这个'声音'才出生到这世上的。"

"说什么呢……"

白羽先生的表情变得惊惧不已，我接着说个不停：

"我总算注意到了。我在身为人之前，首先是个便利店店员。哪怕我是个异样的人，哪怕吃不饱饭暴尸荒野，我也没办法逃避这个事实。我的全部细胞，都是为便利店而存在的。"

白羽先生没说话，脸上的皮肤依然皱巴巴的，他拉住我的手腕，想把我带去面试会场。

"你疯了。你这种生物，这世界是不会允许你存在的。你违反村里的规定了！你只会受所有人的迫害，孤独终老。与其那样，还不如为我工作呢。这样大家才会放心，才会认可。这才是让所有人皆大欢喜的生存方式啊。"

"我不能跟你走。我是名叫便利店员的动物。我不能违背我的本能。"

"我是不会允许你这样的！"

我挺直腰杆，像在念宣誓词时那样，与白羽先生正面相对。

"不，就算没有人允许，我也是个便利店店员。作为人类的我，或许正如白羽先生你所说的那样，可以寻求便利，让家人和朋友放心地接纳自己。但是，身为便利店店员这种动物的我，根本就不需要你。"

在这儿说废话都是浪费时间。为了便利店，我必须再次调整好身体状态。为了更快更准确地行动，为了更早完成饮料补货、地板清扫，为了更完美地遵从便利店的"声音"，我必须将整个肉体彻底进行改造。

"真恶心，你根本不是人。"白羽先生唾弃地说道。

刚才不是都告诉你了吗？我如此想着，奋力抽回了被白羽先生抓住的手，抱紧自己的胸口。

这可是要向顾客递去零钱、给速食品打包的宝贵的手。白羽先生黏糊糊的汗液沾在上面真是太恶心了，这对顾客也太没礼貌了，我恨不得立即把它洗干净。

"你绝对会后悔的，绝对！"

白羽先生骂骂咧咧的，一个人向车站的方向走去。而我从包中取出了手机。首先我要告知面试单位，因为我是个便利店店员所以去不了了。然后我必须找一家新的店。

我不经意间看到刚才那家便利店窗玻璃上映出自己的身影。我一想到这双手脚都是为便利店而存在的，就觉得玻璃上的自己第一次成了有意义的生物。

"欢迎光临！"

我想起去问候出生不久的外甥时，在医院里见到的那块玻璃。从玻璃的另一边，传来了酷似我的明朗哭声。我能清楚地感受到，我浑身的细胞都与玻璃那边回响的音乐交相呼应，在皮肤下蠢蠢欲动。

（全书完）

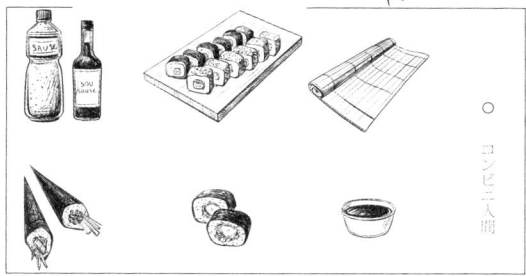

图书在版编目（CIP）数据

人间便利店 /（日）村田沙耶香著；吴曦译. — 长沙：湖南文艺出版社，2018.4
ISBN 978-7-5404-8525-2

Ⅰ. ①人… Ⅱ. ①村… ②吴… Ⅲ. ①长篇小说—日本—现代 Ⅳ. ① I313.45

中国版本图书馆 CIP 数据核字（2018）第 017949 号

著作权合同登记号：18-2017-249

KONBINI NINGEN by MURATA Sayaka
© MURATA Sayaka 2016
All rights reserved.
Original Japanese edition published by Bungeishunju Ltd., Japan, 2016.
Chinese (in simplified character only) translation rights in PRC reserved by China South Booky Culture Media Co., Ltd., under the license granted by MURATA Sayaka, Japan arranged with Bungeishunju Ltd., Japan through Tohan Corporation, Japan.

上架建议：外国文学

RENJIAN BIANLIDIAN
人间便利店

作　　者：[日] 村田沙耶香
译　　者：吴　曦
出 版 人：曾赛丰
责任编辑：薛　健　刘诗哲
监　　制：蔡明菲　邢越超
策划编辑：张思北　闫　雪
特约编辑：尹　晶
版权支持：孙宇航
营销编辑：张锦涵　李　群
版式设计：潘雪琴
封面设计：Topic Design
封面插图：金氏徹平
出版发行：湖南文艺出版社
　　　　　（长沙市雨花区东二环一段 508 号　邮编：410014）
网　　址：www.hnwy.net
印　　刷：天津旭丰源印刷有限公司
经　　销：新华书店
开　　本：880mm×1230mm　1/32
字　　数：150 千字
印　　张：6.5
版　　次：2018 年 4 月第 1 版
印　　次：2018 年 4 月第 1 次印刷
书　　号：ISBN 978-7-5404-8525-2
定　　价：45.00 元

若有质量问题，请致电质量监督电话：010-59096394
团购电话：010-59320018